且听文吟

中国好文章书系

《好文章》书系组委会 主编

光明日报出版社

图书在版编目（CIP）数据

且听文吟／《好文章》书系组委会主编．--北京：
光明日报出版社，2023.3
ISBN 978 - 7 - 5194 - 7099 - 9

Ⅰ.①且… Ⅱ.①好… Ⅲ.①随笔—作品集—中国—
当代 Ⅳ.①I267.1

中国国家版本馆 CIP 数据核字（2023）第 042960 号

且听文吟
QIETING WENYIN

主　　编：《好文章》书系组委会

责任编辑：杨　茹　　　　　　　　责任校对：李　兵
封面设计：中联华文　　　　　　　责任印制：曹　净

出版发行：光明日报出版社
地　　址：北京市西城区永安路 106 号，100050
电　　话：010-63169890（咨询），010-63131930（邮购）
传　　真：010 - 63131930
网　　址：http：//book. gmw. cn
E - mail：gmrbcbs@ gmw. cn
法律顾问：北京市兰台律师事务所龚柳方律师

印　　刷：三河市华东印刷有限公司
装　　订：三河市华东印刷有限公司
本书如有破损、缺页、装订错误，请与本社联系调换，电话：010 - 63131930

开　　本：170mm×240mm
字　　数：440 千字　　　　　　　印　　张：24.25
版　　次：2023 年 3 月第 1 版　　　印　　次：2023 年 3 月第 1 次印刷
书　　号：ISBN 978 - 7 - 5194 - 7099 - 9

定　　价：99.00 元

前　言

　　《淮南子·本经训》中记载："昔者仓颉作书，而天雨粟，鬼夜哭。"文字的力量，由此可见一斑。文字真是一种奇妙的东西，寥寥数字便在书写者与阅读者之间架起一座心灵之桥——娓娓道来的文字能够温暖人心，昂扬激越的文字让人心潮澎湃，蕴含哲理的文字能够明心见性，真情实感的文字催人泪下，让人心生感动。文字让我们的思绪插上了想象的翅膀，带我们飞入书写者用妙笔精心构建与编织的文字世界，让我们在知识与思想的天空中翱翔。

　　"中国好文章"大赛组委会从发出邀请至今，已收到数万名作者朋友的踊跃投稿，让我们倍感欣喜与珍惜。欣喜的是，你们看到了我们发出的征稿邀请，并勇于展示自己的才华；珍惜的是，你们将自己精心写就的文章托付给我们，是对我们的信任。身处此位，将心比心，每日与文字打交道的我们，更懂得作者对自己文章的用心与爱护。在与这些美文的不期而遇中，我们感受到你们对祖国大好河山的由衷赞美，对故乡故人的深深怀念，对青春往事的追忆释怀，对亲人朋友的真切情感……字字句句皆自肺腑流出，每一段文字、每一篇文章都承载着书写者的人生温度，讲述着书写者的奇妙故事，蕴藏着书写者的岁月感悟。

　　著名作家莫言曾在诺贝尔文学奖晚宴上的致辞中谈到自己对于坚持文学写作的看法："我深知世界上有许多作家有资格甚至比我更有资格获得这个奖项；我相信，只要他们坚持写下去，只要他们相信文学是人的光荣也是上帝赋予人的权利，那么，'他必将华冠加在你头上，把荣冕交给你'。"如今投稿的你们也是这样，不论年龄几何，不论身处何处，曾经，当你的脚步穿过那--排排放满书籍的书架，指尖抚过那一本本微微鼓起的书脊，听到那纸张翻阅的沙沙声，想必有一颗石子落入你如静水般的内心，激起了一圈圈淡淡涟漪，你便也想让自己的文字化为铅字，让每一个爱书之人感受到你笔下文字那鲜活的生命力。于是你们日复一日、年复一年保持着对文字、对写作的热爱，这在当下，是多么难能可贵的品质。我们发自内心地佩服书中各位作者对文学梦的坚守，因此有了我们在"中国好文章"的相遇，才有了这本凝结着你们心血结晶与智慧闪光的诚意之作。

　　这卷承载着心语的墨香，是你们个人情怀与美德的人文积淀，是你们"文如其人"的最佳彰显，更是你们收获公众好评和认可的绝佳机会。或许今天热爱文学写作的你，明天就能在中国文坛拥有一席之地，成为反映美好新时代的一面旗帜，成为用文字影响他人的文化摆渡人！

　　"文明如水，润物无声。"书籍作为思想文化的载体、人类知识的殿堂，读罢方知心渠如许不彷徨，人间至爽在墨香。本书这些沉睡的文字，如时光与心灵的对白，诉说着少年五彩的梦，低唱着中年朴质的影，浅吟着老年夕阳的红，并赋予各时的震撼或感动、温暖或骄傲、火热或炽烈的瞬间以永恒……此刻，她正散发着墨香，静待有缘相会的读者来唤醒。

中国好文章大赛组编委会

Contents

目 录

霍启震作品

陈长青作品

方晓军作品

施韵东作品

王茂升作品

杨振江作品

杨忠义作品

刘亚军作品 *

吉祥冬奥会

立冬碰撞大雪飞，
朔风狂吼舞天瑞。

峭壁千仞红梅赞，
五环冬奥北京美！

祝贺航天英雄王亚平出舱成功

亚平出舱曙光照，
飒爽英姿五星耀。

巾帼不让第一人，
浩瀚星空最妖娆。

《寄语母校》题记

石破天惊立学堂，
铺设简约爱心归。
学古论今辨时新，
校风德智品学追。

美化绿植草坪翠，
如火如荼俱时推。
画眉歌唱满园春，
琅琅书声心陶醉。

---

* 作者简介：刘亚军，男，56 岁，陕西兴平西吴街道办事处石铺刘家村人。高中学历，建筑工程职员。文学爱好者，曾在 2021 年"古艺杯"全国诗词创作大赛中荣获三等奖。在今日头条发表诗歌文章已达 53 篇。

礼赞保定

有人说，
保定是灰色的，
那是因为，
直隶总督署的设立。
有人说，
保定是白色的，
那是因为，
莲池书院里，
绽放的荷花香飘四溢。
还有人说，
保定是绿色的。
别急着问，
翻开历史的扉页，
王二小放牛郎，
悲壮、坚毅，让人难以忘记。
小兵张嘎，
机警、多变，方显传奇。
狼牙山五壮士，
豪迈、悲壮，可歌可泣。
白洋淀芦苇荡，

雁翎队的神奇，
让鬼子销声匿迹。
地道战的威力，
彰显人民的智慧。
还有那，
野火春风斗古城，
精彩演绎，
属于人民的胜利。
所以，
保定首先是，
红色的。
毫无疑问，
红色的血脉，
植根华北大地。
如今，
绿色、低碳的保定，
五彩斑斓。
那是，
红色的主题！

诗韵七夕节

人文兴平不一般，
美丽的故事在民间。

大槐树下，子孝村，
浪漫爱情传千年。

天上地上都一样，
豆蔻年华也依恋。
天仙织女，牵牛星，
心心相印把爱谈，
天长日久舞蹁跹，
爱的浪花被发现。
天庭震怒，戒律严，
牵牛星被贬，
降临在人间。
生不逢时苦连天，
从小失去爹和娘，
哥嫂相伴不待见，
一人一牛躬耕在田间。
早也出，晚也归，
早出晚归常思念。
寂寞愁，愁寂寞，
寂寞惆怅白了头。
知心的话儿向谁说，
望着天边光摇头，
两眼湿润，泪涟涟。
再说天仙织女能奈何。
天天思念在织机旁，
左也思，右也想。
双手织机忙，
织出朝霞万丈，
织出晚霞彤红。
朝朝思，暮暮想，
朝思暮想愁断肠，
两相思何聚首，
岁月如梭，错！错！错！
这样的情愫真难有，
就连老黄牛也开了口，
如若有难需要时，

我的牛皮随你用。
话中缘由可得知，
老黄牛原是天上金牛星，
只因耿直心善把真话说，
犯规被贬下了凡，
从此流落在人间。
仙女下凡人间游，
碧莲池边把水嬉。
缘又起，缘又落，
织女牛郎牵了手。
爱也恨，恨也爱，
恩恩爱爱一起走。
男的耕，女的织，
男耕女织乐悠悠。
天也美，地也美，
恩爱夫妻甜蜜蜜。
早也出，晚也归，
早出晚归把家还。
生了儿，育了女，
生儿育女家圆满。
美满姻缘一线牵，
天仙配对，天仙配。
好花不常开，
好事难到头。
王母娘娘闻知此事，
发了怒，
歇斯底里喊不停。
织女越规犯戒越了轨，
捉回天庭要问罪。
这天，
织女做完饭菜心里闲，
看看儿，望望女，
幸福喜悦甜又甜。

回家吃饭的牛郎，
虽然困，也很累，
人困马乏嘴不闲，
他一言，又一语，
牛大哥的好处说不完。
突然，
狂风吹，雷电闪，
天兵天将到眼前。
一不做，二不休，
押解织女飞上天。
牛郎急，心里酸，
心急火燎不心甘。
一副箩筐肩上挑，
前箩儿子，
后筐爱女，
披上牛皮急追赶。
儿哭要妈，
女叫要娘，
急得牛郎大声喊。
织女回望，泪两行，
隐隐约约见牛郎，
追着赶，赶着追，
急追快赶到面前。
儿女呼唤爹和娘，
牛郎织女要相逢。
突然，
王母娘娘也赶到，
气急败坏站中间。
看罢织女，看牛郎，
怒目圆睁心里烦，
拔下头饰金簪，
手一扬，划银河，

霎时，
天河波涛汹涌，
滚滚浪花溅，
团聚的情人被分离。
织女叫，牛郎喊，
儿女的哭声连成片，
爹爹，娘娘，
爹娘双眼泪注注，
她有情，他有意，
情真意切难别离。
看得天兵天将不忍心，
面面相觑轻叹息。
爱情坚贞金不换，
感动得王母娘娘，
怜悯之心端倪现。
允诺，牛郎地上住，织女天上住，
每逢农历七月初七，
来相会。
如此有了七夕节，
情人相会不拘束。
每到七夕来相逢，
美丽鹊桥天边架，
牛郎织女来相逢，
知心话儿说不完。
相见时难别亦难，
美丽传说代代传。
靓丽子孝村，
快乐伴你行。
若想，
探本溯源问到底，
千年古槐等着你！

薛照熙作品 *

登高（组合诗）

　　本人退休以后，曾在温州干了六年工程监理，2005 年初春的一个休息日，我和几位朋友一起到当地最高的山峰——胜美尖峰爬山，站在高高的山顶极目远眺，山河壮丽气象万千。有感于此，留下此诗以作纪念。

（一）出发

烟花三月春来早，
朋友结伴去登高，
不畏山高路途险，
精神焕发不觉老。
行前品尝乌牛茶，
途中拜访道观庙，
继承中华好传统，
创业路上步步高。

（二）攀登

山花烂漫争芳艳，
小鸟叽喳报春晓，
清澈小溪水潺潺，
嫩芽尖尖上树梢。
登上峰顶多自豪，
白云朵朵脚下飘，
奇峰异石放光彩，
人间仙境乐逍遥。

* 作者简介：薛照熙，83 岁，江苏镇江人。1964 年毕业于清华大学水利系，先后在河海大学（南京）及江苏石油勘探局技工学校（扬州）任教，职称为高级讲师。退休后曾干了 9 年的工程监理，现定居在扬州。近十四年来以七八十岁的高龄做了以下四件事：一、参加了扬州长跑协会暨四望亭社区好人宣讲团到扬州的各社区进行道德宣讲活动两百余次；二、自学成才，自己作词作曲创作歌颂党、歌颂祖国、充满正能量的歌曲 120 余首；三、先后参加全国各地的半程马拉松比赛计 40 余次；四、2017 年患晚期肺腺癌，仍坚强不屈，同病魔展开斗争并像正常人一样工作和生活至今。个人事迹曾在中宣部《学习强国》刊物及《扬州日报》《扬州晚报》、扬州电视台等各大媒体上有过多次报道。

（三）远望

站在主峰望远方，
温州大地起波涛，
浩荡瓯江东流去，
巍巍群山披绿装。
雄伟高楼平地起，
金桥银路织成网，
火车隆隆穿山过，
轮船如梭车如潮。

（四）归来

踏着晚霞彩云归，
欢歌笑语乐陶陶。
万家灯火似繁星，
七彩霓虹更辉煌。
仙女来此也动情，
天堂哪有人间好？
改革开放气象新，
国富民强奔小康！

2005 年 7 月创作，2021 年 11 月订正

绿　叶

——献给城市环卫工人

（一）

灯光，照出你疲惫的容貌，
月光，映出你忙碌的身姿；
地面，洒下你劳动的汗水，
路上，留下你走过的踪迹。

（二）

你是一名大地的美容师，
将城市装扮得清新美丽；
你也是一名优秀的志愿者，
给人们带来春天的气息。

（三）

你像永不停歇的机器，
生命不歇奋斗不止；
你像一支点燃的蜡烛，
照亮别人消耗自己。

（四）

虽然你的工作平淡无奇，
却透露出"平凡出伟大"的真谛；
也许你的业绩并未惊天动地，
但红花再艳也需绿叶的扶持。

（五）

工作虽各有分工，
目标却高度一致；
让我们搞好本职工作，
向党和祖国献上一份份厚礼！

2021 年 12 月

开拓进取勇攀登

曾经寒气逼煞人，
如今花开满园春，
疑是山穷水尽时，
柳暗花明又一村。

人生追求无止境，
壮志未酬不言停，

成败得失寻常事，
敢于打拼才会赢。

宝剑锋自磨砺出，
功夫不负有心人，
满怀豪情向未来，
开拓进取勇攀登！

2021 年 10 月

青春寄语

正值豆蔻年华，
未来参天大树，
三代希望之星，
定要争光争气。

确立人生目标，

注重脚踏实地，
艰苦奋斗为本，
永远自强不息。

健康乐观向上，
不断完善自己，

生活有规有序，
积极锻炼身体。

尊重孝敬长辈，

与人和睦相处，
任重而又道远，
大家齐心协力。

2021 年 12 月

永远爱我大中华

（一）

美丽的中华我可爱的家，
五十六个民族共同拥有她，
家有两条龙是长江与黄河，
孕育了中华灿烂的文化。

党领导人民翻身解放，
驱走黑暗迎来曙光，
人民当家做了主人，
喜看神州旧貌换新颜。

（二）

美丽的中华我温暖的家，
骨肉情深情系你我他（她），
我为振兴中华贡献力量，

意气风发大步向前跨！

党领导人民改革开放，
中华崛起直奔小康，
开拓创新赶超世界，
巨龙腾飞百年梦终圆。

（三）

中华，我爱你，
你永远是我的家！
中华，我爱你，
不管风吹和雨打，
永远爱我大中华！
爱我大——中——华——！

2018 年 5 月

温康明作品*

小镇往事

小镇很小
一条古时的川陕路
从镇子的中间
笔直地穿过
先人们一定是爱面子的
小小的镇子偏要场头场尾正街取名
三里场六里场九里场

小镇的年龄很大
好多好多年过去
千年小镇身材依旧
仍然瘦筋筋的
纤细得就像一根鸡肠子

小镇却有许多
值得自豪和炫耀的
武侯祠、八阵图
和诸葛亮的点将台
那雕梁画栋的八大会馆
彰显了古老场镇的繁荣
还有过路商人寻找丢失的财宝

以旧伞换新伞的故事
诉说着小镇过往的岁月
武侯祠早已变成了
孩子们读书的地方
八阵图那些像馒头一样的土堆
也被历史和岁月
一口一口地吞食
点将台做了戏台子
李玉和在台上高呼完口号就走了
曾被杨子荣郭建光
红色娘子军的妇女们相继解放
最终也逃不过被拆除的命运

小镇的屋顶长着些许青苔和狗尾巴草
小镇的屋檐是双层的
小镇的铺面全是木板
漫长的岁月把小镇的身子
摇得倾倾斜斜
但小镇和小镇的人仍然生活得
快快乐乐热热闹闹

---

* 作者简介：温康明，男，1962 年 9 月出生于四川成都。1985 年 1 月参加工作，1988 年 12 月加入中国共产党。本科学历，经济师，现供职于成都商业银行。年轻时喜爱文学，有着文学梦，即使参加工作也仍热爱文学，永远阅读。

小镇上的孩子们长大
考上中专考上大学
到离小镇十多里路的国营大工厂
离开父母离开小镇上的人
小镇人的住房变得宽绰
住不完就租给乡下人
开饭店开茶馆摆烟酒摊
修自行车修摩托车和自动伞

后来小镇人富了
小镇变年轻了
身材也渐渐富态发胖
小镇有了自己的工厂
每天中午和黄昏
有一群
糊西药袋的女孩

花花绿绿地像彩蝶飘进
斜斜的铺板门里
跟在后面的是一群穿工装的
铁锅厂小伙

后来
小镇的街檐下有了垃圾桶
小镇人开始讲究，开始修自来水厂
曾经听有关人士透露
说要恢复小镇
从前的模样
老人们谈起这些很是赞同
年轻人却说恢复不恢复没有多大意思
他们说要为小镇安装脚手架
既然无法恢复小镇的过去
就让小镇成为小镇未来该有的模样

看你插花

想自己就是那些
野菊
先静静地在案桌一隅
看你插花

最后在你手中
无须思想
只用那把锋利的剪刀
去掉多余的枝叶

然后放入花瓶
在那些好看花儿的最底层角落
享受重生的愉悦
和最后的灿烂

还有那只开花的瓶子
可是逾越千年的灵物
而每一次花开
都是岁月的轮回

小镇旅店与文学

记忆中早些时候叫旅店或茶社
旅馆是后来的称谓
小镇只此一家
房屋是古时的会馆
中间四方天景
暗红倾斜的木板铺门
凸凹不平的泥地
前屋是小镇人和乡人白天
喝茶闲谈的地方
到了夜晚几间后房便留宿
过往商人和没有住处的小镇客人
照看茶社旅店的是几个
好看的小镇大妈

八十年代的文学梦
似青春的胡须疯狂生长
在一个夏天寂静的傍晚
文讲所一位作家老师
来到小镇
带来一本薄薄的学员作品集
第一期"花蕾号"
有我一首稚嫩的小诗

老师家在外地
晚饭后
沿着有几盏昏暗路灯的小街
我们来到小镇旅店

告诉大妈
留两张一元钱住宿一夜的床位
然后泡上一角钱一碗的盖碗三花
在前屋泛黄的竹椅上
戴着眼镜儒雅随和的老师
和自称为文学青年的我
似两个多年的朋友倾心交谈
我也不再有当初的忐忑
认真听着

夜深了
我们隔着旅店那被煤烟熏黄的蚊帐
手摇竹扇扇着夏夜帐内未净的飞蚊
听着屋顶偶尔跑过的耗子声
在闷热的夏夜
继续谈无限的文学
那天
好像还谈流沙河老师的诗和
余光中先生的遗忘伞
至黎明时分

后来
那个夏天的夜晚便永留记忆
也许这简陋的小镇旅店从建店到关闭
只有作家老师与我
是唯一在此谈起过文学的人

许多年过去了
旅店在岁月的时光中消失
小镇也有了高大时尚的旅馆酒店
那个夏天的傍晚
老师的小镇之行依然清晰记得
那天招待老师的晚餐
一人一碗小镇有名的小吃

清真鹅汤面
那夜如此廉价简陋的住宿
至今想起都还汗颜
岁月流逝
而那个闷热的夏夜
老师讲的许多关于文学的内容
几乎忘记干净

画与时间

其实时间还在
只是画画的人把它聚于画笔
然后被宣纸深情吸纳
成一处风景

于是
时间定格在画的一隅
也在另一时间之内

后来
自己看画时
时间就回来了
当他人看画时
和时间一起回来的
还有画这画的人

丁光辉作品*

小赋·无阁游记

一夜雨声凉到薔，多番妙语淡成空。
追风赶意黄梁枕，只盼身回梦笔中。

——题记

灵峰魂卧，梦泽瀛寰，
无阁幽雅，迭出妙联。

碧水拥台，梧桐枝凤，瑶池朗韵澈野墨；
清溪晓籁，古道昏晖，阆苑遗风怡红轩。

倚阁栏湘月，有浪云覆天而下；
巡习酒暗香，如鸥梦出世临娴。

锦瑟吟风，舞律舒谈，漫看花开叶落；
庄生赋曲，诗弦寄语，闲哼月事星端。

广陵散，日月追空，江天合璧九州堪惜；
满江红，凭栏怒发，尘世舒怀无阁幸然。

飞花灿烂，流萤绰动，
歌入江湖，义薄云天。

* 作者简介：丁光辉，云南昆明人。号携梦和歌，笔名"明白人"。中国诗歌网、清风文学
网、原创文学网、诗词中国网认证诗人。已创作短篇小说《诀别》《勾魂的雪地枪声》和
一部诗集《光辉诗集》。作品散见于国内各大网络平台。在百度贴吧等网络平台发表的
《滇之歌系列诗选》，先后被中文诗歌网、蜀韵文学网等转载。近几年诗歌风格偏向浪漫、
豪放，已相继创作各类诗、词、赋一千余首（篇）。

曾经跳入，万丈红尘中立命；
几度飞临，九重仙阁间宿缘。
历梦断云生，无知岁月之更替；
经峰回路转，一笑八音而巧全。
月落心空知多少，缘惊酒醒叹影单。

若剑士迎霜劲舞，负侠长啸；
似书生戏雨长吟，怀儒以研。
自乐于陋室寒栏，放浪形骸；
修身于飞甍画阁，抒发郁怨。

梅芳冰雪，兰惜春露，隐隐有花明柳暗；
竹曳雨寒，菊仪秋霜，攸攸生世外桃源。

夫游无阁乎哉？
逼云自有奇思妙想：
八俊驰骋，长风遨游，御风常怀逍遥作。
入风独无俗迹陈观：
参商无猜，风雨大爱，终日不倦惬意还。
臻于长联倾境：
满堆云，独萦西脉峰，走急浪高屏……
千秋梦，恰入东方局，出鸿篇巨影……
且借野对说禅：
"丛间笑入烟云冷，阳下吟成天地宽。
对酒当歌斟剩梦，临风作笔问豪湍。"
或出，问碧空，情溶寂处？
阁曰，沐红阳，意盎阑时！
子规行矣空山入，归去来兮无阁言；
阁之大小在心臆，阁之味道在情澜。
恰似无阁歌曰：
会四象兮应穷宇，随苍洱兮可归圆。
倦鸟还巢方悟径，幽林响兽乃知渊。
人情世故寒暑漠，风花雪月春秋喧。

身游山水境，梦走无阁篇。
岁月常嗟时，人生不惘然。

无阁境界

阁者，高也。阁生于楼之顶隅、山水之间。唯有性情之心，方接地灵人杰之气，不惘立于阁上：

白云孤飞、风驰雨骤，莽莽冰寒，生机一线。黄河之水天上来，长江直下东击岸。东皇欲绿，天恩浩荡，点缀先得，飞阁流丹。

奈何阁心已入灵轸！

凤仪腾蛟，云游四海，塞北江南，万水千山。再有仙洲神往、十万八千、山崩地裂，不过心毫一点、星闪悲欢、船飞宇宙，寸走即过，日月明天。

此乃无阁之境界也！

春去秋来春秋倚，花落花开悲喜间。时而美酒如云，时而高朋满座，时而紫电青霜，时而肝肠寸断。

心间何其广阔：临川、经验、越阻、平难，再无杞人忧天之愁，再无动魄惊魂之言。

阁无阁，由小而大，由地入天。

此心无阁矣，再无归阁山。

大理古城赋

冬中古城，点苍环抱，洱海漪涟；
举眉舒展，星移斗转，日月经天。
俯瞰这个世界，欲独揽风花雪月之胜景者，唯在大理可阅轩辕！
下关风在赏：
沐浴呼啸，魂飞魄散，卷走了疲乏尘土，迎来了心旷神闲。
上关花在寻：

鲜芳铺地，姹紫嫣红，气候温润，开阔草原……

却有那奇缘奇花——飘香十里，滇藏木莲。

苍山雪在映：

雪后晴日，皑皑十九峰，瞬变"水晶宫"，阳光下，

冰的晶莹剔透，雪的洁白无瑕，峰的银装素裹，心的蔚为大观。

耳边美谣："巅积雪，云傍巅，谐之美，看机缘。"

苍山雪之宏博壮丽，遥堪阿尔卑斯之白峦。

洱海月在悟：

小时不识月，呼作白玉盘；

而今仙水境，方醒月圆言。

"洒银光灏漫，璀璨清悠！……"

环顾三岛四洲五湖九曲：

一轮云月渐渐朦胧了，一道鸥波悄悄入梦了……

春流夏漫，云卧嵊山，无声无息，雨如滴灌，上善若水，境在眼前；

适逢东方碧日，西方淫雨，扶垛极目，山色驱吟，飞瀑悬欢……

银雀清嘶，响彻于埂峰萦宛，

曲径深通，入谧于云静幽渊；

青烟缕缕，久绕其间，若即若离，龙游凤缠。

中秋佳节，绿瘦红肥，祥瑞臻萃，果实鲜繁。

旭日霜红，鹤唳猿鸣，鹰击鸥跕，竞掠豪湍。

落照西彤，万眷怀源……

嗟乎！优优苍洱，忘返流连。

世人在凝目慨叹！

似有仙间子规缘语高悬："不如归去，不如归去！……"

月倚松子落，蝶舞泉水丹。

兰芳宜自赏，王献好比干。

百二山河之无穷魅力，千三英才之博大胸怀。

终赢得：

三迤榕荫，彩云南现，阴晴皆宜，房舍新翻，斗吻华檐，河拂玉椽。

收眼城楼：

文献中自有汉习楼船、唐标铁柱、宋挥玉斧、元垮革囊之伟烈，

更有南城旧泪，五华沧桑，和北城楼边忽必烈的铁蹄蛮颜……

移步城内：

元帅府历曾冤，九大街多妞喃，

意犹未尽，十八巷里梧桐酒馆，

缘尚方开，洋人街上金发洋冠……

寻尝秘味：

乳扇莫过鹅黄，饵块不腻久馋，喜洲粑粑永驻，沙坝搓鱼买单。

"绍道兆"——三道茶，

苦，甜，回味白族家，

促膝谈心悟哲理，

问君汤茗什么花？

亲临欢境：

曾闻举子殷殷以句，

乌绫帕子凤头鞋，结队相携赶月街。

观音石畔烧香去，元祖碑前买货来。

现有歌人娓娓而弦：

"又是大理三月街，一市千年入梦怀。"

…………

"樱花树下樱花雪，红伞金花袅袅来。"

身临其境甚感：千年几过，俗习无迁，真传承也！

火把节中的我，倍受感染，纵然歌曰：

神持火把云南炫，白水彝山拉祜滩。

会聚广场呼俊靓，蜿蜒亮野秀龙蟠。

协阳祈祷放歌远，邀月保禳纵舞欢。

淳朴民风诚挚日，红装旺焰兆天宽。

祈摩圣界：

将军洞的困惑，崇圣寺的前缘，寂照庵之斋饭，感通寺以辗转……

曾记否？惊立于洪武帝作侧，敬面对杨升庵诗前。余轻然命笔：

大士挥歌写韵楼，长江滚滚浪东流。

感通天地灵魂殿，怀济空窗今古喉。

旧月寒荣余寂照，清风冷雨任寥纠。

饱谙朝事三千怪，一谬王猷一笑侯。

此刻，跌跌荡荡，魂飘似仙……红墟之上，苍洱之间，已三尺于紫薇太玄，分明有道：

> 丹青泼墨，描不尽古城无限锦绣。
> 妙笔挥毫，抒不完苍洱万端福缘。

> 与古城的千里之缘我终于悟到了！
> 我叩了，我领了，我醉了……

七言歌行·滇池夜歌

滇池春水淳夕影，澹月华诞映涟生。
琅琅白浪三百顷，晃晃洪崖无一萦。
幽林暗月竞芳草，柳甸花丛争晚亭。
风伴清流不觉走，埂挽白沙若随兴。
沙连水岸繁星粲，光靓云空孤月伶。
天赐人生池畔月，池月天生独照情。
春歌季季无穷已，春月春春好似曾。
只见盘龙送江水，不知江水对谁倾。
北云南去莽苍苍．近华浦上不胜泠。
今夜谁入孤舟雨？何故诗出望月亭？
昔吟楼上大观月，应衬离人心境声。

暮雨丹霞卷不及，珠帘画栋还天评。
闻君俪句乃三尺，忙逐月华寻君影。
鸿雁长飞登无阁，无阁风鸢再纵横。
光阴不度心扉阔，时空再造秋天傏。
昨梦枯莲信步卿，可怜秋半不会停。
圆圆惜秋秋欲尽，三桂愁月月西行。
清流婉转离芳草，细月缠绵入花翎。
岁月轮回相思满，姻缘转世佳话盈。
佳话沉沉藏心宿，碧水金堂无限轻。
乘月摇情知多少，落花流水满池樱。

江城子·昆明

晓风残月碧鸡鸣。
雾舒平，染霞缨。
一双白鹭，梦过几何汀？
百里滇池诗欲境，天巧妙，幸今停。

春城杨柳最痴情，两人行，万千倾。
烟雨翠湖，依约会中亭。
令曲游仙君不见，丝苒苒，水清清。

杜常祝作品 *

旧城已冷

热浪里我来了
你在等
让你久等了
我才来
不应该这么任性
说走就走了
旧城还是那座旧城
尽管你越发繁华了
我来了，热浪里来了
你还在，依然还在
你在等我吗？
我不该这样想，会伤害你
我来了，热浪中而来
旧城已冷，正如
我需要冷静冷静
我可爱的过去，莽撞的青春
旧城已冷，心却悄悄燃烧
热浪里我来了
红霞漫天
那是我热情的渲染
旧城已冷
你依然在等我

湖畔杨柳老城
不再被你我股掌中
它是你我的见证
那时它还年轻
嫩绿的枝丫，弱不禁风
不满手的扶持
彼此携手一起祝愿小柳长成
你说杨柳依依将会是你我的行踪
我说依依杨柳会伴我们返程
我的诺言，你的心中
四季在变化，却总有那不顺的风
走了，你走了
来了，我来了
走了，我走了
来了，你来了
五线谱注定了音符的跳动
或许在追求着更完美的共鸣
你身处春天，我却走进了冬季
粗壮的杨柳已不能手握手地呵护
我张开双臂期待你的合拢
你依然在等
和我一样期待

* 作者简介：杜常祝，笔名"古犁"。山东莒县人，爱好写作。诗歌、杂文多收集在《古犁文集》中。

我来了，你还在
你发现了我的等待
我发现了你的等待
旧城已冷
我在这岸，你在那岸徘徊
等待，等待
悄悄地等湖水结冰
谨慎地你向我走来

旧城已冷
期待到来
我从热浪里来
渲染着天上的云彩
玉壶已被打开
我知道
街头五彩的霓虹
那是你挑着桔灯走来……

归　途

慢慢地
你走了
悄悄地
你来了
村外古槐无言
悄悄地
你走了
慢慢地
你来了
老屋依然守候
檐下木椅撤走
我的二老呀
说好今年的你会守候
我的父老呀
可知游子的归乡梦求
走远的我，心总回头
离去的我，归途照旧
千万里，梦里一夜回游

愈是远方，愈发乡愁
我的归途
起于我离开的时候
我的远去
造就了你的守候
父母呀
为何早早地去，匆匆地走
归来的我含泪老屋独守
岁月的流水
冲刷去多少守候
我的泪水流向我心里头
慢慢地，我把你带走
悄悄地，你在我心里守候
归途不再是车马人流
它变成了思念的缘由
悄悄地，我回过头
慢慢地，我变成了你在守候……

春　雪

冬驰春至雪翎开，塘岸柳条垂素来。
不是花姑心肯白，为商草木送寒哀。

黄成东作品 *

红花情

雾罩群岭北风潇，寒窗学子读书忙。
师生同在风雨路，红花朵朵放光彩。

山村夜

迟来日晴出晚霞，一轮斜月挂天幕。
月光淡淡洒满地，万籁俱寂映空山。

再别红花

时光匆匆，不知不觉又一年。
生活总在不经意间留下无数痕迹。
清秀的大山让人留恋；
奔流不息的溪水拨动着心弦；
蔚蓝而空旷的天，

---

* 作者简介：黄成东，男，1967 年出生于四川嘉州东岸的一个农家小院内。1983 年参加工作，成为教育战线的一名普通职工。1997 年开始从教。2019 年到峨边彝族自治县支教。曾被乐山市教育局和峨边彝族自治县教育局评为"支教先进个人"和"优秀支教教师"。

洁白而多变的云儿哟，

迸发出无限的遐想。

一双双如饥似渴的眼睛留恋在知识殿堂，

那是大山的无限希望；

一句句亲人般叮咛的话语回响在耳旁，

那是大山的深沉情感；

一次次道别时的珍重声回荡在空中，

那是大山的诚挚祝福。

琅琅的读书声悠悠萦绕在教室，

节日里独特而优美的歌舞声响彻云霄……

蓝天白云下，

鸟儿展开双翅自由自在地飞翔，

仿佛告诉人们想要冲出大山，

去寻找属于自己的一片天地。

晨曦中那树上响起阵阵的蝉鸣声，

仿佛告诉人们想要留住山村的仲夏。

红花，

承载着许多的梦想和希望；

红花，

宁静而悠久的红花，

别了！

愿你像花儿一样，

绽放出更加绚丽的光彩！

风

清晨，

霞光初现，

朵朵云红似火，

在蔚蓝的天空上徐徐移动。

夏蝉不知疲倦地长啸着，

那声音悠长，

树叶儿摇晃着，

如同奶奶手中扇扇动般，

不知不觉间，沁人心脾。

岸边的柳树啊，

轻轻摆动枝条，

就像妈妈的手抚摸孩子脸颊，

那样的柔情，

那样的慈爱。

劳动者在辛勤劳作中汗如雨下，

期盼着你能带来一丝丝安慰，

你却是那样吝惜，

那样的不情不愿。

傍晚人们闲暇时，

你又那样悠然自得，

给人们带来愉悦。

风筝说：

多给我力量，

让我飞得更高。

花儿说：

慢慢地吹吧，

将芬芳带给大地，

留住人们对我的赞美！

中秋吟

晨光秋色蔚寂寥，天高无云金阳照。

数载未见天开眼，今朝有幸暖心田。

秋日当空遥招月，浓情团圆户万千。

丹桂香溢把酒酌，赏花赏月赏清秋。

孔祥宏作品 *

孤　独

歌声飞琴音断
室内剩下只有
寂寞和孤独
从早晨到天明
躺在床上坐在凳上
翻着书拿着笔
写半首人生的诗
里面多是寂寞和孤独

我走进乐室
拿起独弦琴
想起山那边的歌声
想起迪斯科的夜晚
……

我走进后院
摘下半个苹果
想起吃红桃的季节
想起红蜡烛的生日
……

我冲出家门
跑进舞厅
走进桃园
往日的情景
早已无存
我只好漫步
从六月的桃园
走向森林的秋天
去写那半首人生的——诗篇

---

* 作者简介：孔祥宏，笔名：冰清，安徽省合肥市人。六年军旅生涯，十年教官生活，从事过公关管理、行政人事、营销销售、公关策划军事等的培训工作。在《人民日报》等相关机构做过记者，在《中国酒杂志》《九头鸟》《中国当代诗坛新人群星谱》等报纸杂志发表过诗歌、散文、稿件。曾获全国诗词大赛三等奖、优秀奖、最美诗人奖、鲁迅文学奖获得者。现致力于创作现代诗（朦胧诗、新生代诗、律诗、歌词）等诗歌。

人生就像一个梦

人生是一粒未定型的
种子
漂到哪里就在哪里
发芽
清晨就像一棵绿油油的
小草
中午却是一片片红红的
叶子
在暴风雨的夜晚
或白或黑……
天折和大树
却是同时完成的模型

人生是一把未定型的
乐器

吹吹打打地来
敲敲打打地去
一生不知经历了多少
喜悦的忧愁
美丽的痛苦

人生就像一粒种子
不知经历了多少次
风风雨雨
寒冬烈日
才走向成熟
育出新苗
然后自己却走向
泥土

长相思

水也清，草也青，无人相送迎。
（谁知）惜别多少情？

君波红，儿女平，丘特无有情。
（谁知）心头浪花滚？

我的处世之道

我从没有去攀登那座高傲的山　　我站在地球的地平线上
我从没有去那神仙殿敬香上供　　去观察世界上的美与丑
我却去那些小土地庙烧香磕头　　善与恶……

漂流的日子

完善生命在于：
不断磨炼；
不断经历；
不断体验；
不断总结；
不断前行；
不断流向……
"天空没有候鸟的痕迹——而我飞过。"这就是前行，这就是人生，这就是生命。

生活五味七色俱全，是一种甜蜜的、酸酸的、苦苦的、飘然流动的感觉。这种感觉很美、很甜、很快乐，很苦、很涩、很乏累。有时苦得像黄连，有时甜得像蜂蜜，但苦在其中，也乐在其中。有时为了能找到一份适合自己的工作，脚走出了老茧也未必满意；有时好几个机会又同时来到你的身旁，又感到无法选择（如果抉择错误，将遗憾终身）。"北方很冷""南方很热"，干脆随便找个驿站休息一下再走。一个人一辈子不知道要翻过多少山，走过多少路，然而脚下的记忆也无从拾起。

我曾在打工的房间贴过这样的对联，"孤雁南飞去，天涯沦落人"，横批是"漂流四海"。的确如此，对于一个打工者来说，无论走到哪里你都有一种孤独怕冷的感觉，但无论走到哪里都能找到自己的朋友和快乐。可是这种快乐又常常伴随着酸甜苦辣般的"啼笑皆非"。有时面临着工作的压力；有时面临着老板莫名其妙的批评指责；有时面临着工作上的各种矛盾及同事的嫉妒。人世间的是是非非、人情冷暖……所有这些竟让你无所适从，心烦意乱。面对夜晚的天空和轻轻的和风，才深深地舒展一下身心。此时此刻（心仿佛在流泪）真想怒吼几声，让所有的痛苦和寂寞，还有那哭笑不得的难言之隐统统飞走！从此不再伤心落泪；不再多愁善感；不再路边徘徊、想入非非！但我又总是这样告诉自己，既然选择了"漂流"，就别再在意它，人世间什么人没有，什么事不再！随波逐流，顺风而来，随风而去。就像"找到了真爱不需要耻辱"走自己的路。没有什么跨不过的坎，没有什么能挡得住想要前行人的路——路就在你我的脚下！

路？天无绝人之路，一路风雨，一路歌；

路？天无绝人之路，车到山前必有路；

路？天无绝人之路，无路还有回头路；

路？天无绝人之路，莫回头，莫气馁，无路还有开山斧！

漂流！漂流啊！漂流！漂流有什么不好？漂向高处，流向远方。人生就是一种磨炼。

只有不断经历；

只有不断体验；

只有不断总结；

只有不断前行——这就是生命！

这就是人生！

才是一个完美的人生！

才是一个完美的生命！

徐进作品[*]

一把椅子的自述

庆功者拂尘而去
我被再一次遗弃在墙角
甚至来不及摆好一个端正的姿势
就要迫不及待和你讨论
这种被人利用之后一脚踢开的宿命

成王败寇
那些荣誉和光环
被胜利者洗劫一空
辉煌的宫殿
砍伐者
连同最初打造我们的那把利斧
已经堂而皇之站成了王者的卫士
而我们
这些曾经顶天立地的森林
却被驯服成一把四平八稳的椅子
在这个已经颓废的空间
逆来顺受任人摆布

如今
我唯一的依靠
除了身后这堵伤痕累累的墙壁
便是我足下这块已经悬空的土地

当我一觉醒来
后来者堂而皇之审判着过去
血腥与杀戮
被画家们调合成春天的色彩
除了逝者
还有谁能够在鼓乐喧天的场景
回想起惨遭蹂躏的阵痛

我习惯于麻木
麻木成一把没有血性的椅子
任凭时光的足迹穿梭成子弹
把疼痛和哭泣
一起钉入脆弱的骨髓
你们不必再假惺惺装模作样

* 作者简介：徐进，曾用笔名"东方一虹、春到江南花自知、无极子、无名氏、虚静、徐静"等。自 20 世纪 80 年代早期初识文坛，涉猎较广，诗歌、散文、小说、杂谈、电影剧本、文学评论等诸多文体均有尝试，作品散见于国内多家报纸杂志和网络媒体。另外，由于兴趣使然，其长期研究传统中医和古代哲学，文笔功力深厚。加之早年曾参加过《作品与争鸣》杂志社举办的首届文学评论培训班，在文学作品的解读和点评方面也颇有独到见解，深得圈内文友的认可与推崇。

替我打扫战场

若干年之后
当我腐朽的尸骨在美食家的炉膛
被冶炼成一股青烟
我四处飘散的灵魂
永远也不会忘记
那片激情似火的原野
曾经拥有的繁华

我静静地期待

下一场无坚不摧的洪水
能够再一次碾过我荒芜的头顶
让我身后这堵形同虚设的泥壁
轰然倒塌

等到
一场冰雪之后
春风手挽着小草
悄悄
拱出我的坟茔

七月之月

七月之月
水火交融
野性与荒芜
裹挟原始的阵痛
在灯火通明的秋夜
把尖叫浸泡成黑暗
一朵青莲
寄宿一粒红尘

七月之始
盘古远去
巨斧的光环
被冶炼成第九颗太阳

七月之夏
后羿也逝

传说归咎于逢蒙
吴钩上卷起的长恨
一万次打湿嫦娥的灵丹

膜拜之后
猴子学会了攀缘
顽皮的本能
否决了人类进化的谬论
为等待一场路过的饥渴
鳄鱼潜伏在水里
追逐季节的迁徙
候鸟们选择了沿途的风景
浪花告诉渔夫
白蚁在大堤上筑巢
在于警示生物链的底层
风平浪静往往暗藏杀机

蝉虫预知到生命的短暂
提前为自己唱起了挽歌

脚手架上
那些烈日当头的民工
心知肚明
空调的凉风深藏不露
苦海无边
修行不在当下

七月之秋
水无处不在
老者说
饥饿与贫穷无关
烦躁与季节无关
收成与勤劳无关
长寿与吃药无关

诗人说
流年似水长歌当泣
春花秋月往事如烟
这混沌世界
名声与品德无关
成功与奋斗无关

婚姻与爱情无关

七月之岸
风送荷香
镁光灯只聚焦青莲的圣洁
却从未触及污泥的恩情
庆功宴上
浩劫和掌声一同被安装于头条
漂白之后的灵魂白璧无瑕

七月将尽
大荒之野
有人以修路的名义把路挖断
那些露宿街头的树木
比我们想象得还要乖巧
无论是笔直还是弯曲
有一点点风声
就东倒西歪点头哈腰

七月之月
洪水泛滥
七月成诗
莫弃莫离……

深　秋

月圆之后
残缺接踵而至

一片黄叶
不经意间揭秘了

渐行渐远的花事
以及愈来愈浓的秋意

丛林
那些上蹿下跳
无忧无虑的松鼠
一大早就起来觅食
甚至有些勤劳的伙伴
在冬至还很遥远的时候
就往洞穴里储藏坚果
即便是
那些朝不保夕的昆虫
也在子夜
加快了交配的速度
似乎毁灭近在咫尺

水
还是那么漫不经心
一副随波逐流的样子
连同岸边的垂柳
依旧还像初春那般轻浮
搔首弄姿随风摆舞

钓者
也一如既往地淡定
着实让那些大大小小
躁动不安的鱼儿
有些捉摸不透

好在
这盛世
有候鸟飞过天穹
有蜻蜓在湖面点水
有戏子在舞台吟唱
有道师在神庙禅悟
有情人为婚姻落泪
有老友为背叛怀旧

这晚秋
我两手空空
一首诗是我全部的家当
悄悄地
我把它分成两行
一行果实累累
一行挂满离愁

陈颖作品[*]

行香子·风

山高路远，水阔鱼沉。
向谁问，过客归人。
草木枯荣，风疏云深。
恨梦似真，幻似真，情似真。
飘飘浮萍，翩翩飞蓬。
号声起，星寒月冷。
此身何似，一粒微尘。
笑看前生，遂前愿，过前程。

风入松·念

——炒股一时有感

拔剑四顾凄然时，野渡舟直。
惯看家国天下事，一念净，烈焰成池。
古今殊途都言，轮回同调谁知。
朝露昙花人间客，贪恨嗔痴。
高楼清梦自管弦，风雨急，我闻如是。
年年争作韭菜，岁岁敢为棋子。

---

* 作者简介：陈颖，一名来自"文乡诗国"江西宁都的诗词爱好者，漂泊他乡多年，时常用词来抒发感情，或自问初心，或追寻梦想，或思念家乡，或感慨得失，或表述情谊，或评论时事。

画堂春·旅行

三日百里十万步，山林泥泞小路。
踏青赏花春风处，寂寥野渡。
多少英雄豪杰，遗憾埋骨归途。
此情对酹异乡人，生来孤独。

临江仙·送姜文喜之盱眙

古今离合聚散，多少喜忧悲欢。
十六年来如一梦。
此程再启航，万事皆遂愿。
转战广州福州，长乐涵江三山。
归途似虹前路远。
男儿行处是，他时捷报传。

西江月·秋凉

茫茫碧落千寻，悠悠长河万里。
梦醒凌云都空许，回首满身风雨。
谁洗客袍旧衣，忽见归舟新蹄。
凄然一笑百事过，勾起几多愁绪。

林欣雅作品 *

悠悠海岸，思念帆帆

一望无际的大海，
伴随着海浪击打碎石的声调。
海鸥扑打着翅膀，
在蔚蓝的天空中翱翔，
找不到追寻的方向。

海风吹拂过脸庞，
触摸思愁，
是思是愁，无人知晓。
在滂沱的雨后，
夜色阑珊，烟雨朦胧。
你在我的眼睛里四处张望，
淋湿了眼角，勿忘你就在身旁。

你的柔情蜜意，在我耳边回荡。

大雨冲刷后，
让我的心灵将更为洁净，
思念更如洪水般涌上心头。

哪怕有一天可以站在你的面前，
只要你肯等待，
所有漂浮不定的云彩，
都会化为泡影，
为我寄托黎明的曙光。

飘飘落落，室无尘杂的章节，
寄一份思念给你，
思念的构架是我们的联络。
偶尔得到回音，
偶尔彼岸生花。

---

* 作者简介：林欣雅，笔名为"冬耳"。20岁，在校大学生，从小爱好诗歌文学，拥有灵感时则用诗歌记录。

暗　语

在灰暗的光下，
推开了一扇新的大门。
儿时的倔强与懵懂，
突破了极限的思维。
握紧拳头，死死抓住衣角，
不曾想过会破蛹而出。

一语而中的的文字游戏，
戳中了心灵最深处的伤悲。
蜷缩在被窝里，
脸部肌肉凝聚在一起，
将哭声压制在被覆盖的唯一属于
自己的位置。
　那是连俯视、仰视都不能到的
地方，
　更是无人注意、无人问津的地方。

在这封闭的空间里，
试图寻找属于自己的存在感；
狭隘让自己厌恶，
还试图寻找一丝慰藉。
片刻霎时，
在最无能为力的年纪，
偏偏想做有力而为的事。
想要攀比，想要野心，想要一切，
迫切的心情在迫切地宣泄。
等不及的时光总想抓住。

握住救命的稻草，
捡起所谓的尊严。
剩下的时光，
只为了去证明，
现实的生活。

沈文帆作品 *

赠同窗

——为同学铭名（藏头诗）

（一）

花桥崇文不能忘，一如空中皓月明，耳聪心慧舌端巧，恰似群芳成艳锦，
晚霞辉金照韶峰，而今独秀耀京城，思乡飞雁成凤舞，年年迎春盼君回。

（二）

小河东去流匆匆，华灯偏爱月争光，艾虎钗头映翠微，林中白鹤舞蹁跹，
朗吟诗歌激情句，英姿顶立天半边，跃马扬鞭朝前步，光荣坦途志更坚，
益子荫孙好盛世，湘潇波涌幸福天。

注：文中、慧芳、金秀、雁（映）春、小华、艾林、朗英、跃光、益湘系
同班之同学。

七一有感

岁月轮回，静观世纪风云，长城秦岭内外，红旗漫卷耀东方；
百年盛世，仰望华夏星空，黄河长江两岸，彩焰升腾庆党生。

---

* 作者简介：沈文帆，笔名"阿文"。湖南省湘潭市湘乡市人，"泥腿子"习文人。

元宵偶思

寒冬将尽待春芳，乾坤"牛"转换新妆，千户欢庆迎元宵，
月色灼灼有吴刚，万家团圆邀嫦娥，胜似桃源映苍穹。
家国胜，民族强，势难挡，挥战旗，铭初心，创辉煌！

致同学（藏头诗）

同窗九室谊情深，
学成泪别奔西东，
你南我北虽遥远，
好聚在前梦逼真，
雪花飘零冷飕飕，
风疾雨急已寒冬，
雨盼天晴风羞羞，
天道酬勤乐悠悠，
保有初心情勿忘，
重邀一聚事不休，
身心愉悦老来乐，
体柳轻盈伴歌声。

徐刚作品 *

我是谁

我是谁
我是空桑中跃出的精灵
我是光芒万丈的太阳
没有了我
世界便再次与黑暗握手
我是柔和的月光
没有了我
哪能有夜的温馨与浪漫
我是上天
那满天的雷鸣电闪
是我激动时血液的沸腾
那滂沱的大雨
是我辛酸时如注的泪雨

我是谁
我是空桑中跃出的精灵
我消隐于翠鸟啼鸣的山林中
又显现在缥缈的红霞残阳里
我是一阵轻风
满枝的枯叶都随我纷飞
没有了我
落叶怎能归根

我是露水
我来自空气中
我藏于天地间
我悄悄地在黎明前
把滋润带给每一片绿植

我是谁
我是空桑中跃出的精灵
我久久沉沦在海洋中
那发光的珊瑚
是我的每一块骨骼
我坚信自己死后
海底那开满鲜花的珊瑚礁
便是我尸骨与灵魂的复苏
我是海洋上的巨兽
愤怒的宇宙产生了我
我要把海水搅浑
我要把天地掀翻
生命的世界
在我手中被摧毁

我是谁

---

* 作者简介：徐刚，中国网络诗人，现居住于安徽省芜湖市。2005 年《江淮晨报》诗歌大赛一等奖获得者。常在"今日头条"发表文章。

我是空桑中跃出的精灵　　　　　我不知道我到底是谁
我沉浮于万物之海　　　　　　　我只知道缪斯女神
我与自然的一切为伴　　　　　　经常游荡在我的思想里

我迷恋这夜幕

一直在世间昏昏沉沉　　　　　　那是我信仰的家园
仿佛从来就没有醒过　　　　　　我游荡着
黑夜也是我的白天　　　　　　　无法找到回去的路径
我如一只破蛹的飞蛾　　　　　　又是一夜徒劳
心总归于那　　　　　　　　　　那一串串昏暗的路灯
斑斓的夜色灯火中　　　　　　　和即将来临的黎明
我迷恋这夜幕　　　　　　　　　将我带回现实的渡口
总是在星月之间　　　　　　　　我又开始昏昏沉沉
探寻着那条　　　　　　　　　　仿佛从来就没有醒过
去往鲜花国度的河流

我迷路了

为了接近自然　　　　　　　　　我想走出尘闭的空间
为了寻找绿色　　　　　　　　　可我却找不到热情的向导
更为了收获一种
像鸟儿穿梭于树丛间　　　　　　我迷路了
自由清新的感觉　　　　　　　　我是被压抑的
我只有不停往返　　　　　　　　我踱着方步
　　　　　　　　　　　　　　　星星仿佛散落一地
我是被压抑的　　　　　　　　　枝梢间的那几片残绿
都市里转动的齿轮　　　　　　　笑得很勉强
早已使我窒息　　　　　　　　　还在冰冷的寒风中

向我和路人点头致意

我是被压抑的
天快要下雪了
美丽的天堂将会落入人间

洁白的世界中
哪里才是我想要回的家
谁愿意给我温暖
就在我归去的途中

我眺望远方，我就在这里等你

我静默在这幅画前
仿佛穿越了时空
化作那一片片群山江水
化作那一丛丛垂柳松柏
化作那一群群水榭楼阁
化作那一条条捕鱼扁舟
我陶醉得无法醒来

从此成为这一幅幅
唐汉古画中永久的印记

那奔涌飞泻的瀑布是我
那潺潺流淌的小溪是我
那青瓦白墙的古舍是我
那桥上的拄拐老人是我

我眺望远方
守着这个不愿世俗浸染的信念
打开了这古朴清雅的画卷
让世人有个可以涤荡心灵的桃园

心语二则

（一）

那一个失落的秋天
我深深地凝望
却只看见了
无数叹息的落叶
和我这颗破碎憔悴的心房

（二）

你是我命中注定的天使
为了你
我来到了这陌生的世界
为了爱
我又出现在你的身边

董延波作品[*]

伟大的航船

——庆祝中国共产党成立 **100** 周年

一百年前的七月，
雾漫的南湖驶来了一艘救国图强的革命船，
劈波斩浪，历经艰险，
载着中华民族的期盼，
开辟出一条通向光明的航线！

一百年后的今天，
广袤的神州推动着社会主义的巨轮，
乘风破浪、奋勇向前，
载着东方巨人的憧憬，
奔向无限光辉的彼岸！

一百年的探索和拼搏，
中国共产党走出了一条艰苦卓绝的革命之路，
忘不了那黑白颠倒的岁月，
忘不了那皑皑的雪山、苍茫的草原、大渡河上的涛声、延河边的麦田……
忘不了南昌起义的枪声、"九一八"的炮火、狼牙山的壮士、上甘岭的硝烟……
几度在迷茫的孤岛求索，
几度在惊涛骇浪中搏击，
然而乌云遮不住万里晴空，

---

* 作者简介：董延波，男，47 岁，黑龙江省巴彦县人，本科学历，工程师。热爱诗歌创作及朗诵。

浓雾终是掩不住花季的绚烂，
社会主义旗帜终于高高飘扬在世界的东方！

一百年的开创和建设，
中国共产党走出了一条光辉灿烂的发展之路，
描绘出无数壮美的画卷：
从第一缕曙光划破南湖的黑暗，
到第一面鲜艳的五星红旗高高升起在天安门前！
从第一颗原子弹爆炸成功，
到神舟飞船载着航天英雄一次次冲向云天！
从衣食不保、贫穷落后的旧中国，
到全民脱贫、繁荣富强的新中国！
——历史的车轮滚滚向前！

党是暗夜里的一座灯塔，
引领着中国人民走向辉煌！
党是慈祥的母亲，
抚育着中华各族儿女健康成长！
没有共产党就没有新中国，
这是一条颠扑不破的真理，
是十四亿炎黄子孙的心声。

四化建设奏响了新中国崛起的序曲，
改革开放似春雨滋润着祖国的春天，
一带一路高举起世界和平发展的旗帜，
中国梦开启了下一个百年昌盛的新篇！

七月，火红的季节！
七月，历史的丰碑！
让我们衷心祝愿：
我们伟大的祖国——在中国共产党的领导下，
去开创更加美好的明天！

松花江

北方玉带松花江，南北汇聚向东方。
比肩长江黄河后，四季分明水域广。
汇入黑水出国界，滔滔奔向太平洋。

兴安天池发源地，太阳岛上美名扬。
冬看长堤玉树美，夏有湖岛好风光。
白山丰满电量足，四季常有鱼米香。
昔年日寇破国门，军民被迫奔他乡。
抗战悲歌惊少帅，十万同唱震八荒。
西安事变定合作，战歌不朽松花江。

注："西安事变"前夕，张学良听到《松花江上》这首爱国歌曲后深受触动。毛泽东也曾评价道，一首抗日歌曲抵得上两个师的兵力。

赞武夷名胜

丹霞双遗多名胜，
山水洞天秀峥嵘。
大王玉女遥相望，
天游高耸人为峰。
鬼斧神工一线天，
华夏龙窑遇林平。
绝壁悬棺尤可见，
巨岩虎啸借山风。
白龙出水卧龙潭，
西游胜景不虚名。
茶中之王冠天下，
峭壁生长自天成。
逸兴遄飞画中游，
九曲荡舟伴歌声。

杨贵帮作品 *

墓碑祭

若没有眼泪
就无法体会活着的艰辛
若不曾躺过奈何桥
就不知活着的美好

云彩漂游天空
总有它的路程
绿叶终要凋零
总有它的宿命

人的这一生啊
是从一座山
绕过另一座山
兜兜转转
转转兜兜
最终又回到这座山
入土为安

而人生啊

是从一座山到另一座山的连线
看过了天空
看过了人情世故
爱过你恨过你
生不带来
死不带去

一炷香
二炷香
三炷香

一鞠躬
二鞠躬
三鞠躬

我心存敬畏
我控制不住我的难过
会在余生想念您

---

* 作者简介：杨贵帮，医学影像科医生，热爱文学创作、书法和摄影，生活中会积累一些文学作品，为自己的诗歌创作提供灵感。

无言的日子里

很多时候选择了沉默　　　　夜晚间最害怕
内心却翻腾似海

你若懂我　　　　　　　　　但即使再难挨
又怎么舍得我难过　　　　　却怎也死不去
你若不懂我　　　　　　　　亦算得上是个奇迹
我又何必懂你
去惹得一身伤痕　　　　　　我不言也不语
　　　　　　　　　　　　　你以为我鄙视这世间
日子正是这样　　　　　　　我只是成全了我自己
日出时最艰难　　　　　　　与任何人无关
日落时最落寞

如梦如醒

是真?　　　　　　　　　　是醒?
是幻?　　　　　　　　　　是醉?
是实?　　　　　　　　　　是哭?
是梦?　　　　　　　　　　是笑?
爱是,　　　　　　　　　　爱是,
不管在真实,　　　　　　　不管是否受伤,
或梦幻中,　　　　　　　　依然会选择,
都受伤。　　　　　　　　　爱下去。

上上签

签里说当发挥自己所长
用自己所长来吸引
我笑笑不语
内涵这东西
容易走火入魔
走进去便容易迷失
陷入盲目的自信
忽略了现实中的残酷

人与人之间的吸引
始于颜值
事与事的执着
全靠的是人品
爱与不爱

全凭心底对对方的那份感觉

等待本就是苦与乐
欢喜与悲伤的事情
犹如尘土渴望一滴露珠
露珠渴望一缕阳光
心身渴望被安抚

尽管几多风尘仆仆
无论几多心如死灰
仍需有伸出手和遥望远方的勇气
触摸你的脸庞和气息
方有圆满结局

眼　睛

一眨一眨
一溜一溜

时而充满光

时而溢着泪

我用眼睛留不住岁月
就用眼睛埋葬自己

陈元贵作品*

恩　师

先生辛苦作教育，教育学子苦功高。
碎碎念念在岗位，学子超师当作福。
人人有师想报答，恩师永存学子心。
文化存留暖人心，不断进化更文明。

送军行

人类清晰征战泪，惟有胜邪故能生。
日月山河随生伴，灵魂伴随和平曲。
人类故有永存心，仰望星空日月行。
文武贤君同一心，愿与山河永相随。

神奇净山

世界古林净之最，净顶蘑菇视天人。
净有物种外则无，绝世奇树立山下。
金猴欢叫客自来，奇山莫于梵净山。
站在净顶如神仙，出净难忘回味生。

---

* 作者简介：陈元贵，男，31岁，高中学历，从事电商行业，这是第一次发表文章。

广源作品 *

五的传说

食存五味：酸甜苦辣咸　　　一是青春难保
乐有五音：宫商角徵羽　　　二是梦想难成
墨分五色：浓淡青蓝紫　　　三是长欢难有
物讲五行：金木水火土　　　四是贪欲难消
人世五难：青梦长贪永　　　五是永生难望

注：本人斗胆为五排序，实为圆五之作。
笑看长空一抹云，闲时解闷而已。

昨 日

四季轮回，昨日无重　　　昨已逝，今尚在，明未知
地球如母，恒星如父　　　活而幸，康之福，寿而贵
宇宙无限，万物流转　　　万古岁月，一次人生！
时间囚徒，天地过客　　　昨日无重，古今类同。

* 作者简介：于波，曾用名亍广源。66岁，山东省济南市人，喜欢诗歌、对联、音乐、摄影、哲学。人生感悟：真理就像太阳，光明是挡不住的，站在宇宙的高度观察世界，站在生死的角度思考人生。

无 名

蓝天白云妆大地；
春风秋雨润人间。
千秋天涯满落叶；
万物尽头皆尘埃。
流年似水，潮起潮落侵四季；

岁月无情，花开花谢悲几欢。
日月星辰，万里长空光为主；
天地云海，千种风情人是仙。
揽明月入怀，圆千年梦想，
拽夕阳随身，解万古柔情。

李柏松作品 *

中国共产党百年华诞颂

党啊，伟大的党，
在中华民族正在崛起之时，
在新冠肺炎病毒肆虐全球之时，
迎来了您的百年华诞，
我们为您歌唱，为您举行庆典。

党啊，光荣的党，
您是中国的希望人民的救星，
您诞生时中国的普罗大众，
每天都要面对世界列强、
买办资本家走狗的皮鞭。

党啊，正确的党，
您立下伟志宏愿，
要推翻压迫人民的三座大山，
引领人民建立新民主主义
和社会主义的美好明天。

党啊，无私的党，
为了这个担当，为了这个理想，
您的儿女视死如归，前赴后继，
让黄浦江畔燃起的星星之火，

成了遍及神州大地的烈焰。

党啊，信念坚定的党，
身经反围剿战争和抗日战争，
以及解放战争的连天炮火，
您将启航于嘉兴南湖的红船，
历尽万难开到了成功的彼岸。

党啊，克己奉公的党，
在新生的中华人民共和国，
您坚持自力更生、发展经济，
始终不忘初心、牢记使命，
确保科技腾飞，国力迅猛发展。

党啊，力挽狂澜的党，
针对当前世界的复杂局面，
您不亢不卑、淡定应变，
描绘"一带一路"的蓝图，
成为世界各国的愿景祈盼。

党啊，不畏艰险的党，
庚子岁首突发疫灾，

* 作者简介：李柏松，1969 年毕业于上海交通大学，2006 年退休，退休前系广东科学技术职业学院计算机学科副教授。热爱文学创作。

是您领导全民抗疫，
"四个自信"得到了最大彰显。

党啊，带领人民奔小康的党，
您致力于国民脱贫暖心工程，
您殚精竭虑拱揖摩麾，
五年来脱贫七千万。

党啊，誓愿中华复兴的党，
我们相信，在您的领导下，
"百年沉沦"的屈辱永远不再，
中华民族的崛起必定实现，
共和国的未来将更辉煌灿烂。

颂母/思母

九秩姆妈颂

过去未来娘最亲，
米面茶柴里外勤。
奔南赴北为儿女，
白发转眼额间临。
福迎祸祛扶夫君，
如影随形敬若宾。
东风微拂晚霞红，
海晏河清尽乐欣。

注：2015 年 4 月到美国参加姆妈九十岁寿辰写就。

"过米奔白"指过了"米寿"（88 岁）未到白寿（99 岁）的耄耋老人。此系以"过米奔白，福如东海"为句首的藏头七律诗。操劳了一辈子家务的姆妈在纽约得到了妹妹们的悉心照料，晚年过得十分舒心惬意，有感而发，以诗记之。

思母

姆妈，
驾鹤西去于九十五岁的姆妈，

我们愿您安息，我们为您祷告，
在您的忌日举办追思弥撒。

姆妈，敬爱的姆妈，
新中国诞生时，
是您力主父亲应聘到广西大学，
从此我们有幸消受城市的繁华。

姆妈，敬爱的姆妈，
您和爸爸带着六岁的我，
成为刚成立的华工的一员，
记得那是难忘的五二年的初夏。

姆妈，敬爱的姆妈，
那年我深夜高烧，
是您带童年的我去华农看急诊①，
感恩情愫就在我心田生根发芽。

姆妈，敬爱的姆妈，
是您一直教导我和弟弟妹妹，
做人做事诚信为本、勤俭为根，
要为国家建设添砖加瓦。

姆妈，敬爱的姆妈，
您和父亲忙里偷闲，
精心打理居所庭院，
各式花草竞相绽放红嫣紫姹。

姆妈，敬爱的姆妈，
除了花花草草，
还有那香蕉石榴和枇杷，
让人垂涎的热带水果满枝挂。

姆妈，敬爱的姆妈，
难忘的六十年代，
是您不辞辛劳在华工开荒种地，
才使我们没有被三年灾害压趴。

姆妈，敬爱的姆妈，
曾记否，
您种下的花生是那么茂盛，
成熟时，一拔带出一大把。

姆妈，敬爱的姆妈，
我记得，家里用于栽花的花架，
一度爬满了您栽种的豆角，
还有肥美的苦瓜丝瓜葫芦瓜。

姆妈，敬爱的姆妈，
面对造反派诬陷，
是您在"文革"中据理辩斥，
将那"地主婆"的帽子击碎成渣。

姆妈，敬爱的姆妈，
当年煤炭不够烧，
是您发明了独一无二的炉子，
用取之不尽的木糠做饭泡茶。

姆妈，敬爱的姆妈，
爸爸那时工资低家庭开支大，
是您学成裁缝，日夜赶工挣家用，
辛苦费月入有时竟不比父亲差。

---

① 华工成立初期，院医务室未开夜诊。当时，连小学都是与华农合办的"工农附小"，笔者小学毕业后，考入附近的华师附中。

姆妈，敬爱的姆妈，
我援三线十六年，
是您与父亲依据政策几番努力，
我才能调回广州不致沦落天涯。

姆妈，敬爱的姆妈，
尽管父亲自小过继给伯祖父，
您和父亲仍侍奉祖母至其善终，
为诠释人间孝道增添一则佳话。

姆妈，敬爱的姆妈，
年复一年岁如梭，
您辅助父亲举案齐眉，甘于付出，
让父亲专心治学，桃李满天下。

姆妈，敬爱的姆妈，
您爱生活善观察，

聪明睿智眼光独到才思敏捷，
八旬高龄仍绘出获奖的彩画。

姆妈，敬爱的姆妈，
您养育五子女还竭力帮扶亲戚，
将李家主妇牟家长女的职责，
践行到极致，人人称赞人人夸。

姆妈，敬爱的姆妈，
追根溯源，
您赓续先祖望族的血脉基因，
过目不忘出口成章令人惊诧。

姆妈，为夫为子女还有孙六个，
奉献一辈子于家务的姆妈，
您的恩德千言万语说不尽，
愿您和先父在天国福佑每一家！

注: 往事铭心承家风，追忆姆妈牟端容。一辈子默默付出，劳苦功高、德劭能广的姆妈，于 2020 年 4 月病故于纽约。谨以诗缅怀之。

毕业五十年聚会抒怀①

之一

星移斗转五十载，
五祀共砚难忘怀。
争分夺秒长学识，

课堂球场增能耐。
工厂边防有你我，
历尽艰辛成英才。
半世重逢论初心，
翁妪笑声扬天外。

---

① 此七律二首系笔者于 2019 年回校（上海交通大学）参加毕业 50 周年聚会时所写。

之二

风来雨去五十秋，
同窗五年情更稠。
曾为青春逐梦人，

银发砚席喜聚首。
千言万语胜美酒，
促膝长谈会挚友。
依依不舍分手时，
互道珍重添福寿。

藏头七律诗札及赋后感

（一）不负韶华同心筑梦①赋

文引："德不苟成，业不苟名。"

不苟名成不推诿，
负重前行孺子牛。
韶曼美景汗水绘，
华光溢彩毕生求。
同创伟业为大众，
心存高远战无休。
筑牢崛起康庄路，
梦想终现誉全球。

赋后感：

不负韶华同心筑梦，
热血儿女共表意愿。
携手并进踏上征程，
发展诉求世代承传。

---

① "不负韶华，同心筑梦"源自网络。

（二）庚子岁首抗疫记

全国上下齐努力，
民众共同战冠毒。
抗防并重团结紧，
疫情面前毋退缩。
势不可挡靠意志，
夺关闯隘有制度。
胜在华夏崛起时，
利及环球功勋竖。

赋后感：

大风大雨可见人缘情谊，
大灾大难方显制度意志。
全民抗疫势夺胜利①，
生命至上举国致力。

（三）铭记历史砥砺奋进赋

铭心刻骨九一八，
记牢国耻为策鞭。
历历在目百年辱，
史料页页泪涟涟。
砥柱中流共产党，
砺就意志磐石坚。
奋起抗击东洋寇，
进取胜局曜苍天。

赋后感：

铭记历史砥砺奋进②，
攻坚克难一往无前。
领导民众卓绝抗日，
终获胜利功炳万年。

---

① "全民抗疫，势夺胜利"是笔者的感受，这里用"势"而不用"誓"的用意是，"誓"仅表示行动前的决心，"势"才能突出夺取胜利过程中表现出来的威势、强势和气势。

② "铭记历史，砥砺奋进"源自 2020 年 9 月 3 日《人民日报》为纪念中国人民抗日战争暨世界反法西斯战争胜利 75 周年发表的社论标题。

（四）凝心聚力决胜小康①赋

凝汇芸芸众愿景，
心强志坚源自信。
集腋成裘不停步，
力拔穷根助乡亲。
决战九州与五岳，
胜天斗地为脱贫。
小事于民事毋小，
康庄盛世今已临。

赋后感：

凝心聚力决胜小康，
千金一诺定有担当。
两个务必保驾护航，
牢记使命是共产党。

（五）与君共老始终如一赋
（赠老妻）

与其花前空奢谈，
君子不然苟且事。
共奏金婚和鸣曲，
老来回首心欣怡。
始初立下山海誓，
终能兑现才真挚。
如今银发迎风逸，
一生情缘两相依。

赋后感：

与君共老始终如一，
半世风雨同舟共济。
前路任凭风浪再起，
誓言既出志坚不移。

---

① "凝心聚力，决胜小康"源自 2020 年 5 月 1 日《人民日报》发表的社论标题。

杜志文作品*

长律（新韵）·颂建党一百周年

百年磨砺刻初心，勿忘追求探索寻。
血雨腥风图壮志，披肝沥胆扭乾坤。
前仆后继杀日寇，振兴中华儿女勤。
抗美援朝疆域固，救灾防疫铸雄魂。
富民强国迎盛世，土地承包旧貌新。
改革开放创佳绩，科技练军喜报频。
奥运如花结硕果，五湖四海共诗吟。
丝绸之路东西贯，航母长驱展浪巡。
玉兔含情挥袖舞，飞船往返对接神。
红歌一曲天天唱，笑看辉煌颂党恩。

长律（新韵）·颂"一带一路"

丝绸贸易连，国富友邦添。
经济合作巧，包容互利牵。
民族文化久，欧亚共融欢。
昔日张骞去，今迎盛世还。
陶瓷丹卷美，茶叶韵香全。

* 作者简介：杜志文，笔名"绿沙"。男，1961年11月1日出生。在职教师，自幼酷爱文学，特别喜欢散文和诗词，先后在"才子佳人诗词论坛"发表1100多首诗歌，现任"诗词论坛"原创版主，在诗词格律助手发表8900多首诗歌，在中国诗歌网成为认证诗人，绝句《游九寨沟》获中国诗歌大赛种子作品，《空洞》获入选作品。

企业五洲建，圣名四海传。
驼铃声入耳，大漠剑影寒。
荣辱兴衰忆，中华不息坚。
军旗红似血，南海巨涛蓝。
科技先行引，融金渠道宽。
能源环保上，北斗太空悬。
玉兔含情望，嫦娥笑脸圆。

关国威作品*

梅花赞

风骨俊傲四德宫，绽雪凌霜五福浓。
万木悲凉梅自舞，暗香幽远暖乾坤。

注释

四德：初生蕊为元，花开为亨，结子为利，成熟为贞。

五福：梅花五瓣代表五福，即快乐、幸运、长寿、顺利、和平。

译文

冬天来了，万物进入冬眠时节，只有梅花不畏严寒，傲雪绽放。人生在世也应该有梅花的风骨。不畏艰难不怕困苦，不自卑，不放弃，以积极的态度面对生活，人生犹如四季，盛衰之间我们更应泰然处之！

立 冬

雨漫晚秋风瑟冷，枯枝瘦骨抖寒翁。
忽然一夜银蝶舞，万朵梨花绽汝程。

译文

晚秋，凄凉的季节，万木悲凉，冷风挟着细雨，增加了我内心的悲伤。你犹如这雪花，在这飘雪的夜晚，感恩你的陪伴，拭去了我内心的烦恼，陪我度过人生的低谷。

---

* 作者简介：关国威，字爱丽，号醉尼菩提，中国诗歌网笔名"荷衣环佩"。

禅絮飞花

闲愁万种百结客，入侵心门进豪宅。
两耳听闻燃淡笑！知观达命谢忧霾。

注释
豪宅：身体。
忧霾：烦恼。

译文
怨、恨、恼、怒、烦、财、色、名、食、睡，各种烦恼席卷着我的身体，流言纷飞，我听了只是淡然一笑。一个人不能活在唾沫星子里面，感谢那些流言蜚语历练我的心性，成就我的灵魂，助我成长！

默中金

三世因果累世缘，轮回逆转爱心燃。
居卑明霭方守静，养默契机勿躁安。

梅雪情

经冬相会如期至，飞啸鹅毛绽冷香。
雪帝怜梅惜地母，千川丘壑覆棉装。

缪东荣作品[*]

错 觉

故乡的美　　　　　　　　雀儿飞进风景里
是储存于记忆中的　　　　为自己唱着歌
不可复制的画　　　　　　虽没唱出动听的歌来
而今领略　　　　　　　　其美妙在于
时常若有所失　　　　　　供养生命的快乐
被剪切掉的恰是　　　　　内心的
那份粘贴不上去的　　　　繁花似锦
归属感　　　　　　　　　是流经枯色的一缕春意

风，捧起冬天　　　　　　孤独的人总有许多错觉
直接泼于脸上　　　　　　天霍然一亮
心仍在秋色里徜徉　　　　以为就此明媚
樟树亭亭如盖，一脸慈祥　转瞬即暗，飘下几粒
静如一尊打坐的佛　　　　不易察觉的细雪
仿佛不曾看见　　　　　　融化于脸时
四季　　　　　　　　　　一丝
已从身边走过　　　　　　冬的味道

---

* 作者简介：缪东荣，笔名"妙瓜"。生于杭州，北大荒知青。长期从事文字工作，喜欢读书写字。诗人、网络签约作家。著有纪实文学《青春富锦》（中国华侨出版社出版）。

湖　畔

阳光从寒冷的指缝中
倾泻而下
在水面、屋顶、玻璃
以及一切可以折射的地方
熠熠着冰冷的光
黯淡的天色复又被点亮

山静湖平，行人寥寥
"它"不甘寂寞
沉溺于变异的游戏中
恐惧是游戏最惊险的部分
人类不胜其扰
万物却因而回归宁静

只有冬季寒风凛凛
无所畏惧地一往无前
为来春清理污秽，顺势
睥睨一瞥
芸芸众生相
尽览无余

柔情，是千古的伤心种子
冬季深谙其理，于是
毫不吝啬其刺骨的刀锋
雕刻春花
新的一年的成长
便在心里发芽

空　街

夜雨匆匆洗濯了一下街市
悬叶被雨灌得烂醉
又被风莽撞地碰坠
在黝黑的柏油路面，以及
清冷的人行道上
缀满了
星星点点的黄碎

晨街空旷如野
落叶假寐
街道沉睡
周围一片安静
心也空落落的一片灰

孤独是一朵莲花

空寂是它生长的一洼水
一个人走过空寂
彳亍的身影与飞叶相随
直到清洁工用长长的竹扫帚

划破落叶沉默的嘴
惊恐的声音
将空街的沉静打碎

孤　独

日头没有来
天空一片杳昧的荒芜
云，就是一群怯懦而易惊恐的羊
此刻
已逃进昏暗的天幕后
躲在伸手不见五指的森林中喘息

风飕飕地吹过，很细
细到如无数看不见的针
我也逃离
隔着落地窗的玻璃
看不见也感受不到刺骨的锋芒
我明白了云消失的秘密

无家可归的云哟
那片森林不是你的故乡
我知道你的孤独

毕竟，没有多少人可以抵御昏暗
夕阳不也经常看破红尘
接受了黑暗

月桂敢于挑战萧瑟的凄凉
在一片枯色中昂起头来
浅黄的香蕊
是昏暗中的明灯
将寒意从荒芜中驱除
梅花不再孤独

我在叶子窸窸窣窣的抖动里
朗读用心写下的诗句
希望声音的磁性可以穿透天幕
为羊群缓解一丝惊恐
更希望与风中弥漫的桂香混合
凝成一簇生命的花朵

歌　唱

缥缈的光影错落有致地漫过树林
失去绿荫的枝间
鸟儿雀跃不再羞羞答答
在晨光下尽情鸣唱
惹得一湖碧水
也露出光可鉴人的笑脸
春心不由得荡漾

羊儿悠悠于蓝色的牧场
像朵朵浮于深海的雪花
把一片洁白的心情
写于晴朗的天上

生命最华美的乐章
就是与阳光和自然热情地对话
随意言说几句
或在心里默默歌唱

万物都会朽去
人生也很匆忙
然而，我爱上了这个明媚的早晨
不再感慨生命的短暂
鸟儿忘情的歌声里
有它的欢乐
也有我的心情

胡宗明作品 *

动　力

生活需要一种动力，
那只是一种最真的爱而已，
它能使你爆发全力，
它能使你神智清晰。
明天有许多目的，
方向是需要进取，
只要心中充满爱，
一切都力所能及。
就爱吧！
不要太多的犹豫，

真心的，
就能产生魔力！
生活需要用心去创造，
用爱来美丽。
就爱吧！
放开你的思绪，
快乐的，
让梦想聚集。
人生有多少心愿，
就让爱作为动力！

西湖踏春

忆往兮
西湖流淌

注目这一湖碧水

微波荡漾
心如镜面
风淡忘

波又起伏

* 作者简介：胡宗明，笔名"胡塗"。男，生于1977年，山东省临沂市人，中专学历。山东省临沂市作家协会会员、摄影家协会会员、奇石协会会员。喜欢歌词、诗歌等创作。投稿于《女友》杂志获三等奖。

爱绵长
春花又开
草发芽
有风入怀
紧衣裳

看这山山水水
画又怎样
身倚石椅
脚轻放
松筋骨
气呼爽
又一轮阳光出云朵
展金光
暖洋洋

有绿叶衬衣裳
有春风拂面爽
姑娘秀发飘
裙飞扬
三五一队成群结趟
春到杭州
西湖风光
我先尝

山水走尽画不尽，
船弄碧波起浮云，
高歌欢唱西湖好，
她拿美景迷死人！

现实与浪漫

我们两个人越走越远，曾经热恋的心而今找不到交点，你越来越现实，我越来越浪漫；坚毅的心情，执着的梦幻，固守不同的思念。

难道是岁月将我们的爱冲淡，或许是现实，或许是浪漫，为何我们当初没有注意到这一点。

等到陷得太深，等到一切不再纯真，我们再谈现实与浪漫，一切偏离了航线，眼看就要撞到喜马拉雅山。

当初我们谈现实与浪漫，是一对多么默契的搭档，而今我们再谈现实与浪漫，就像敌人冲垮了防线，现实与浪漫开始交战。

李桂玉作品*

匆　匆

冬去春来
枯枝重发
花谢又开
但是
为什么日子一去不复返
是岁月
是时间
是生活

夜晚一宿
行人自可愁
年复一年
日子匆匆过
白了少年头
连影子都没有

来是偶然
走是必然

来的尽管来
不容你思量

走的尽管去
不容你防备

逃之夭夭吧
有牵绊
留之辰星吧
无亮光
徘徊又徘徊
匆匆又匆匆

如不曾有徘徊
如不曾有匆匆
怎会有痕迹
证明你还在时光的轴里
岁月的轻烟里呢

别了
赤裸裸的自己
别了
中年的小孩

---

* 作者简介：李桂玉，出生在湖北，现定居成都，热爱文学创作，是一个浪漫主义者。一座城一首诗，把生活过得像诗，乃人生最幸福之事！

流浪远方

家乡的河流呀
你流向何方
何处才是你的家乡
不顾一切地向前冲呀
你的孩儿还在草原上
脚在四方
心仍彷徨
那些伤
又何妨
梦在流浪
痛在他乡
那些年
泪千行
哦
夜太长
不要忧伤

哦
我想你
魂断肠
哦
我必须流浪
就算满身伤痕也要假装坚强
你不要悲伤
漂泊是我一生的理想
大地的孩儿呀
家是一重又一重的山谷
漂洋过海到更远的远方
此生漫长
不要问
我在何方
不要问
我在何方

岁　月

岁月穿过秋天的美丽
银杏的叶子亮眼挺拔
十一月的成都——少女
梦境　湖水
热情　年轻

三十的年轮转动

第三十一个秋天将至
我还未梳妆
舞裙未穿好

银杏叶子忽然飘落
四散回旋
庞大成圈
扑着翅膀——骚动

窗　凝望

心　徜徉
地　堆积
你飘去何处
热情　野心
我的心尚年轻
昨晚梦见你的美目——岁月

王玉珍作品*

忆夫君

我们在争论中相识
爱得却如胶似漆
你宠得我
连日常生活都不会打理
还时常要赖
像个长不大的孩子
你临终时仍牵挂的
竟是我能不能自立的问题

你爱我爱在心底
每逢重要的日子
都会制造一个惊喜
你曾许诺
我六十岁生日时
会给我一个意想不到的惊喜
可还没等到这个日子
你就撒手离去
你不是把钱看得很重的人
对我更是如此
你是个掷地有声的人
这次却小气地食言了
让我心痛欲碎

泪流不止

打开尘封已久的记忆
拾起散乱的思绪
那浸透我灵魂深处的
都是我们生活的点点滴滴
五一是我们的结婚纪念日
我再去哪里寻找
曾经的浪漫
以往的惊喜
只有思念的泪水和心痛
在一起

感慨时间的流逝
冲断了许多记忆
唯独对你的思念
一刻都没停止
总觉得你并没走远
还时时陪伴在我的身边
因为你
一直都在我的心里

---

* 作者简介：王玉珍，笔名"白石无暇"。76 岁，退休医务工作者，酷爱读书，2013 年开始在网络上学习创作诗歌，偶尔还会写些散文类随笔。

冰　雨

昨夜大雨随风飘	大树折腰挂半空
今晨冰凌满树梢	路滑如镜车难行
花草树木披盔甲	雕像个个情激动
晶莹剔透显妖娆	鼻涕眼泪皆成冰

悼念袁隆平院士

一生只恋稻花香	唯愿百姓吃饱饭
田间地头四季忙	为国为民挑大梁
呕心沥血搞科研	丰功伟绩千秋载
水稻杂交创辉煌	巨星陨落天地伤

踏雪看雾淞

雪打窗棂梦中来	忽生童心踏雪去
晨起天地一片白	任凭风雪扑襟怀
树穿蓑衣楼戴帽	松花江畔雾淞美
大雪纷纷雾朦胧	宛如仙女披纱来

中秋祝愿（藏头诗）

祝福融情意阑珊
朋缘似海推杯盏
友心相通共赏月
中庭低首拾韵酣
秋满大地层林染
节气四季古今传
快泼浓墨描重彩
乐把心思落笔端

王凤山作品*

七律·东北虎

极速飞奔一道光，威严四顾颈高昂。
钢牙咬住牛儿死，铁爪松开兔子伤。
怒吼森林惊日月，闲游雪地下山冈。
濒于灭绝谁之错？若有来生再做王。

七律·游壶口瀑布

拍岸狂涛气势雄，脱缰万马跃壶中。
冲开壑底千层石，卷起涯边百丈风。
震耳雷声惊远客，凝眸雾霭见长虹。
积来倒海排山力，浩浩汤汤再向东。

林雨心情

漫步在林间小径，偶得闲暇郊游踏青。
远离都市的喧闹声声，放松早已疲惫的心情。

---

* 作者简介：王凤山，男，生于 1967 年，农民工。在江山文学网七律古诗词专栏获得第十
五期精品七律推荐，在湘韵文学网古诗词专栏荣获"湘韵之星"。

天上丝丝细雨下不停，如烟似雾又如梦。
远山苍翠朦朦胧胧，身边花儿别样红。
自然风光良辰美景，悠然自得陶醉其中。

漫步在细雨之中，几分淡定几分从容。
茫茫人海芸芸众生，我最向往桃源躬耕。
更多的时间赏月听风，琴棋书画陶冶性情。
平平淡淡普普通通，心如止水波澜不惊。
浮云散尽万里晴空，不觉已是夕阳正红。

郇庆俊作品 *

中国共产党

你从南湖的游船上走来，
带着亿万同胞的期盼；
迎着封建老朽的枷锁，
伴随东方日出的澎湃；
发出破天的怒吼！
在中华古国的每一个角落盛开！
你从万里长征中走来，
一路高歌，一路奋进。
为了挽救民族危亡，敞开胸怀，结朋四方，
高举镰刀斧头，向着敌人冲锋，
开辟了一个崭新的世界！
你从共和国的曙光中走来，
改革开放，敞开国门，
为了民族复兴，不惧列强，开拓进取，
只为献给人民一个美好未来！
你从和煦的春风中走来，
带着你的初心和使命。
百年奋斗，心仍少年。
只为红旗插遍共和国的每一寸土地，
献给人民一个多彩的世界。

---

* 作者简介：郇庆俊，男，生于 1965 年，山东省临沂市人，自由职业者。

大　雪

节至大雪雪未到，满树金叶疑霜扰。
才知时令已晚冬，多有雀喜枝头闹。

同窗情

星月轮转四十年，君我同窗似昨天。
忆想欢声笑语时，几回梦里留思念。
桃红柳绿幸福日，折笔弄纸可问天。
少小不尽求学力，奈何霜发存汗颜。

秋观苍源河

雾锁苍源河，水天共一色。
白鹭波上游，玉镜人间落。

李启平作品*

爷爷和孙子

爷爷抱着孙子，
孙子的脸蛋红红的像苹果。
爷爷亲了亲那红红的脸蛋，
心里别提有多快活；
爷爷背着孙子，
走过一道山坡。
迎着初升的太阳，
看着盛开的花朵。
…………
爷爷的爱如同这阳光雨露，
哺育着孙子茁壮成长，
幸福快乐。
爷爷带着孙子，
来到村头的一所小学，
孙子背着崭新的书包，
书包里装着课本、本子和文具盒。

教室里摆好整齐的板凳，
还有崭新的课桌。
孩子们整齐地坐在桌前，
听老师讲这人生的第一课
a——o——e——
记下了这人生的第一个音符，
又听老师问"1+1"等于什么？
孙子高高举起小手，
大声说："我知道 1+1 等于什么。"
老师温和地说："你知道，你起来说一说。"
孙子大胆地站起来，
天真地说：
"我知道，我知道
1+1 等于我和爷爷。"

---

* 作者简介：李启平，男，60岁，山东省临沂市兰陵县长城镇人，高中学历，自由职业者。
人生感情：认准正确的路，坚持走下去！我是农民的儿子，站在田埂上，放眼无际的田野，农民那辛勤劳动的画面，多么像一首美好而动人的长诗！

这里是我家

这里是我家，
长长的小路，
黑黑的泥巴；
这里是我家，
弯弯的河道，
流淌着四季的浪花；
这里是我家，
没有北国风光好，
也没有江南景色人人夸，
只有一望无际的蒜苗，
还有待收的庄稼；
这里是我家，
祖辈在这里耕耘，
累弯了腰背，

熬白了头发，
闷时一壶老酒，
苦时旱烟吧嗒，
乐时一声憨笑，
想儿时两行泪花，
宁给好人下跪，
不为邪恶头低下；
这里是我家，
一丝乡愁，
一碗粗饭，
一杯淡茶，
还有远行时，送儿到村头，
打着眼罩，
为咱送行的爹和妈。

落 叶

——观金秋落叶有感

风，
吹来了落叶。
片片落叶摇曳着，
飘向天边。
树枝仿佛不舍地在向落叶招手，
有些失落，有些伤感，

好像在说："我又要孤独地度过这
个寒冷的冬天！"
落叶说："请你不要惆怅，不要依
恋，寒冬过后，新的绿叶会伴你迎来
下一个春天！"
望着风中的这片片落叶，

我蓦然觉得有一种精神值得点赞！

落叶——简单、纯朴、平凡。

简单——简单得只需一滴晨露的滋润，一丝阳光的温暖；

纯朴——纯朴得只有一色青绿，从不装扮；

平凡——平凡得只与泥土相依，与小草做伴……

然而，

它却给大自然带来了不可或缺的付出和奉献，

春天，它给大地带来一派浓绿；

夏天，它给人一处凉荫，遮住烈日炎炎；

秋天，它毅然离去，飘落得洒脱悄然。

没有落叶，

哪有春华秋实，

没有落叶，

更无万花争艳，

啊！

落叶在秋风中翩跹……

沐 春

霜落鬓发近夕阳，远了少年好时光。

溪边止步见燕舞，裁下春色做花妆。

刘平贵作品 *

冬天是一首忧伤的歌

冬天是一首忧伤的歌
把人的孤独演奏得淋漓尽致
浓雾笼罩着天空
柏油路旁的榕树上
只剩下几片枯黄的树叶
在寒风中不停地摇摆
仿佛在诉说着心中无法表达的痛

冬天是一首忧伤的歌
把心中的故事

谱成一曲无奈的命运交响曲
无奈的过往和遗憾
让人在寒风萧瑟的夜里难以入眠

冬天是一首忧伤的歌
把人的落寞演绎得完美无瑕
南飞的大雁忘记了孤独
在寒风中逍遥自在地飞向远方
不要去触碰它心中无法愈合的伤
就让它悄无声息埋藏在心底

三　月

三月，明媚的阳光
把世间所有的苦难化为了灰烬

三月，把沉睡的梦唤醒

在温暖的阳光下重新出发

三月，带着桃花的芬芳悄然离去
我却在回忆里流连忘返

* 作者简介：刘平贵，笔名：康柏。90 后，贵州省毕节市金沙县人。中国诗歌学会会员，
贵州省诗歌学会会员，贵州省诗人协会会员，世界诗歌网·贵州频道版主，部分作品入选
《中国好文章》《贵州诗歌》《茅台》《乌蒙文艺》《诗传播》等纸刊，出版诗集《阳光缝
补生命的裂缝》。

解剖命运

血液抽干，再去寻找
匹配的血源
或许，就能拥有一场健康的人生

世间所有残缺不全的
都是被上天和命运遗弃的孩子

苦难
坎坷
这无疑是命运最后的卑微

有谁，将内心的傲气高举过太阳
借着灼热奔向远方

人间疾苦

灰色的天空中
飞过一只受伤的大雁
发出几声撕心裂肺的呐喊
仿佛在向大地发出渴望美好的召唤

谁愿在这世间受尽命运的屈辱
谁愿让自己光滑的体肤上布满无奈的疤痕
谁愿和为自己哭过的人儿一别两宽

不去试问命运的是与非
逆风的方向更适合飞翔
尝遍人间疾苦
才会懂得人间值得

三月的暖阳缝补寒冬的裂缝

久别的春天再次与大地重逢
昔日的疼痛慢慢愈合
阳春三月
融化世间所有的疾苦

曾经，寒风似刀
将大地伤得百孔千疮

万物伏于地下
寻找阳光

人间纵有疾苦
也要满怀生存的希望
三月天空浅蓝
粉色的桃花分外妖娆

刘书贤作品*

雪花树

雪从夜里来，
小贼一样，
却掩不住它无瑕而洁白。

遥远的天堂之上，
有许多雪花树吗？
在这寒冷的夜晚，
天上的女子们，
在雪花的树林中玩耍，
众女把雪花树摇动，
人间就瑞雪纷飞了……

这寒冷湿滑的夜晚，
会不会有女孩意外从雪花树上跌落？
我伸臂把她接住，
她就毫发无伤。

我等了很久，
没有女孩从天上落下来。
不等了，感冒了；
回屋睡觉去，
胡思乱想很不好啊。

广州城

对你的思念，
不是这春天的嫩芽，
而是我心里，
早已生长成的根深叶茂的大树。
你说让我忘记你，
可我怎么拔了它？

有只手，
一直在我心里雕刻你。
日久年深、刀刀不息，
把你雕刻成，
美丽善良、温柔真诚，
卓尔不凡的仙女。

---

* 作者简介：刘书贤，河南人。珠三角打工诗人、作家。

痛苦把我撕裂成
——冷冽的暴风雪。
呼啸奔驰啊，
咆哮日夜。

只为拥抱你，
而你，
是那温暖的，
广州城！

秋　冬

榕城秋冬不冷风，
木草欣欣未了青。
山河青碧还秀色，
游子心中故园情。

故乡秋冬凉风劲，
席天卷地冷如冰。

叶落草枯千里萧，
纷飞大雪入寒冬。

山如银蛇蜿蜒舞，
原驰蜡象无路程。
大河凝冰失滔滔，
白发父母可安宁？

莫柏顺作品*

我永远不愿见到你

我永远不愿见到你，
怕的是勾魂引魄上瑶池。
想当初后山松林盟海誓，
到如今两鬓飞霜各东西。
你有妻，我有夫，
潜网重重，
锦书难寄。

记得小河初见后，
悠期蜜约心儿醉。
说七女柔情，
笑董允情痴。
一场风暴铺天盖，
热吻渐冷，
甜笑成泪。

为你鹏程万里，
我默默哀怨去送你。
你一步三回头，

终于飞身扑回不愿离。
恨王母天条入尘世，
咒岁月重负把人欺。

我为你柔肠寸断心流泪，
我为你常深更半夜独自泣；
我为你千回百转缠噩梦，
我为你万般哀痛藏心底。

每当我来到松林里，
只见布谷鸟独自啼；
每当我寻觅小河边，
嬉戏的鱼儿在哪里？

对着小河我轻轻地呼，
昔日的梦啊呼不回。
水呀水你快快地流，
捎我的心儿去见你。

1970 年 2 月

---

* 作者简介：莫柏顺，1948 年 5 月出生于湖南省衡南县，一生半耕半读，执着于文学和中医。

赠女友

良辰欲醉尚思茶，　　　　　辗转细听窗外雨，
昨宵枕上梦否佳？　　　　　鸳鸯几时戏朝霞？

2016 年

游雁城沿江风光带

漫步风光带，　　　　　　　凉亭有几处，
垂柳拂面来。　　　　　　　鲜花一路开。
林荫道里唱情歌，　　　　　琴声笛声伴花香，
海棠笑开怀。　　　　　　　游人醉悠哉。

2016 年 5 月

偶遇靓女理发

柳眉笑眼脸飞霞，　　　　　发师巧手弄倩影，
青丝飘逸镜中花。　　　　　妆成玉树一春芽。

郴州东江湖黄草游记

夜宿依朵云，
仙境几梦回。
晨雾湖面绕，
朝霞波光里。

碧水映青山，
彩云湖底移。
天下游客至，
黄草山珍稀。

宋崇申作品 *

神　童

七岁咏山诗留名，童牙说赵割五城。
诗成三步过子建，五龄击瓮救溺童。

老益壮

元老桑榆攀桂枝，皓首穷经步青云。
渭川跃鲤钓乾坤，函关骑牛演道经。

诗道功德

言志缘情赋比兴，知世论事意与境。
文以载道彰正风，温柔敦厚教化功。

爱恨情仇

春巢鸟爱花间月，夏蝉无声恨秋风。
丹桂多情送秋香，冬雪仇压岭头上。

山高不与云争月

山高不与云争月，湖海辽阔共山河。
高贤私利不争夺，忧天忧国忧民乐。

心随境变

举步花间寻芳意，听涛海岸激壮怀。
登峰太顶众山小，树摇窗影知月高。

---

* 作者简介：宋崇申，笔名"墨染"，网名"长松拂云"。1944 年出生，籍贯河南省镇平县。1962 年毕业于中等专科学校。长期在国有企业从事财会工作及在国家审计机关从事审计工作，直至退休。闲暇时以学写古体诗自寻消遣，自娱自悦。

花开四季

秋菊灌醉岭上枫，桃花枝头染春红。
池塘莲花香碧夏，伏牛树雪开冬花。

知情记爱

潦倒方忆送炭翁，落魄才知春与冬。
吃水不忘挖井工，暖饱须记耕农情。

云霜雨雾

云淡春深花浅笑，秋老霜重叶懊恼。
雨细风轻柳晃腰，雾浓林鸟难回巢。

四 季

布谷呼叫谷种下，高乔金蝉鸣盛夏。
重阳高天横秋雁，雪飞巢乌号九寒。

小村晚照

云去天外寻逍遥，暮晴天蓝晚霞妖。
山衔半日鸟归巢，月照静江鱼欢跳。
风摇禾稻田蛙叫，远舟归来系栈桥。
犬吠归客因回迟，村家灯明晚饮烧。

王琳娜作品 *

我爱你，中国

我爱你，中国！
花开盛世，满眼芬芳，
漫山遍野的梨花、桃花、李花紧紧相拥！

我爱你，中国！
家住东方小巴黎，
冰天雪地孕育了坚强的品格，圣洁的雪雕、缤纷的彩灯迎接世界之友！

我爱你，中国！
两弹一星傲立世界之巅！
一带一路送给世界人民的是和平、友好、互助、共赢！

我爱你，中国！
屹立山顶的天眼，
是南仁东的灵魂构筑了全人类通向天宇的桥梁！

我爱你，中国！
共产党员冲锋陷阵，
抗击地震、洪水、非典取得举世无双的大捷！

---

* 作者简介：王琳娜，女，53 岁，黑龙江省哈尔滨市人，高中学历。年过五十不屈命运，做过保姆、保洁。在美篇 APP 上发表过文章。因笃信"书中自有黄金屋，书中自有颜如玉"，才稍有"腹有诗书气自华"的优雅。

我爱你，中国！
文明的，觉醒的，
东方雄狮！你让世界刮目相看！

小聚首都

小住京华有遗篇，
英雄傍对天安门。
喜鹊乌鸦胖乐欢，
圆月照我思亲娘。
家福翻滚赖车颠，
骄女德基勤奋战。
闲庭漫步故宫院，
万里长城习风卷。
飞雪粉树俏须男，

驴打糖人美洋扬。
虾炸香蕉大丰收，
豹纹书包双翅展。
十三陵睡佛堂边，
鸟巢银闪水立方。
跨桥车龙灯如海，
莘莘学子返校园。
清风吹过花枝展，
大展宏图志考研！

注：2016 年女儿大学寒假去北京小住，曾在肯德基打工，还有一条叫欢欢的狗。

王悦作品 *

我以为

我以为是顽皮的黄鹂，
原来是你敲着玻璃，
你没有说一句话，
只朝我微笑了一下，
转过头就走了。

我以为是动人的秋风，
原来是你站在门口，
你没有说一句话，
只冲我点了点头，
后退着就走了。

我以为是摇摆的钟表，
原来是你坐在椅子上，
你没有说一句话，
只满眼不舍地望着我，
站起身就走了。

我以为是梦，
梦见你向我伸出一只手，
你没有说一句话，
原来你一直在相框里，
原来你早就走了。

忆江南

江南水如袖，
清风携露拂绿柳。
花落水逐流，
却忆故时美人眸。

月夜分外忧，
美景易寻梦难求。
莫问君去否，
感慨风云恨古秋。

---

* 作者简介：王悦，天津人，笔名"狮子座的兔子小姐"。互联网教育产品总监。

话伊人

彩云之南秋意长，诚邀友人赏风光。
恰逢中秋团圆夜，觥筹交错分外忙。

湖水清浅映柳杨，伊人低饮倚亭廊。
眉间若蹙腮胜雪，清冷玫瑰浮芬芳。

眼角余光频频望，辗转踟蹰思断肠。
吾欲共饮杯中酒，又恐终诉别离殇。

醉意渐浓目未张，星月西移夜更凉。
宴尽曲终人散去，独宿寒楼半月堂。

久卧忽闻轻语扬，伊人倩影朱唇上。
红纱罗袖衣褪尽，玉脂柔滑更添香。

次日同游洱海上，波澜长光映艳阳。
欲问昨夜酒后事，却道苍山水茫茫。

如今腊月十二日，执手相顾话椒房。
吾言佳藕深处有，伊人笑语桂花香。

闻永伦作品*

长城赋

长城者，古称边墙也。历上千年修筑，东起山海关，西至嘉峪关，连绵二万余里。起伏蜿蜒，翻群山，穿荒原，越山岭，险塞关隘。如巨龙盘卧厚土皇天，其雄奇壮丽不可尽言。

伟哉！洋洋乎以万里之躯，外御强敌兵戈，内守国土安民，可谓国之屏障。

千年岁月，几多战火烽烟，不知战死多少好儿男。匈奴的铁骑，八国联军的长枪利炮，沙俄的魔爪，日寇的铁蹄未折其腰，实乃民族不屈之脊梁，不朽之丰碑，历史之光耀。

于今矣，望长城内外，山河锦绣，国泰民安，巨龙腾飞，雄鸡一唱，催万民奋进，紧跟中央，共建小康。

春日踏青

春日踏青游村乡，
小桥清流花掩庄。
菜花不负春光意，
金黄灿烂谢暖阳。

柳丝细长拂水面，
梨花如雪红海棠。
满眼春色览不尽，
如饮琼浆归路忘。

* 作者简介：闻永伦，男，77岁，成都人，大专学历。从军队至地方，一直爱好写作，在诗词吾爱网发表诗词122首。

江城子·岷江之春

四月岷江水茫茫，
春水泛，江岸长。
渔歌江弯唱，
白鹭一双秀鸳鸯。
芳草绿，菜花黄。

蔗林深处蔗农乡。
土晒坝，篱笆墙。
日落昏黄，
户户炊烟飘。
呼儿唤夫回屋堂，
红苕粥，酸菜香。

注：三年困难时期之后，在中国共产党的领导下，全民共同努力。经两年多的休养生息，农村渐渐恢复了生机，一片美好景象。

神农架观高山杜鹃

冷杉千尺耸云端，高山杜鹃花独妍。
流云轻浮不忍去，始知白云恋杜鹃。

银 杏

你俗名白果，
别称公孙树，
噫！奇哉，雌雄且异株。
你还有一个更美的称谓叫银杏。
其实叫什么都一样。
因为你有粗壮端直的身姿，
葱茏秀美伸展的枝条，
青翠莹洁的叶儿，
奇美令人惊叹。

所以人们把你作嘉树植于美园。
夏日里你婆娑的枝叶伸展开来，
遮住烈阳给人们送来丝丝清凉。
秋天来临你更是一番新奇，
一下变得满树金黄。
叶儿随风飘落如蝶起舞，
一地黄叶满满的画意诗情。
一片秋声，
徜徉的恋人正编织着爱的梦想。

武中明作品*

暮春三月

烟花时分飞月下，
黄鹂当冲吵春插。
五尺堂堂慵早起，
光阴时时照白发。

月夜出乡

月明如银当空挂，
洁光栖洒雨露花。
隔湖一曲家乡水，
热土伴我闯天涯。

赠　友

明日县城任小职，
五斗折腰也不辞。
今朝与君计大事，
待到来年春雨时。

梅　雨

梅雨簌簌枫发茂，
布谷声声催人愁。
再过半月端午节，
小城小职音杳无。

---

* 作者简介：武中明，湖南省常德市汉寿县朱家铺镇断堤村人。1968 年出生，7 岁发蒙，初中毕业后当过学徒，做过建筑工，下海当过鞋厂工人。后刻苦自学，开始传统诗词的研究，同时开始诗词创作；荣获 2020 年"第七届中外诗歌散文邀请赛"一等奖、第六届"'中华情'全国诗歌散文联赛"金奖、第八届"相约北京"全国文学艺术大赛一等奖；作品入选"中国当代作家书画家名作典藏"名列，获特等奖；被聘为"中国诗书画家网"高级诗词家。

秋日伤感

人至更年飞黄达，
尔今少壮瘦骨架。
遥望北平又一年，
两鬓斑白颜摧残。

眼看中年将已到，
他日百岁无依靠。
试想年花心酸楚，
人世沧桑皆可抛。

薛慈觉作品*

太阳雨

明亮的天空
飘洒着淅沥的雨滴
横跨天际的缤纷
是青春、人生绚丽的彩虹

那五彩缤纷的图景
是否预示生命历程的色彩斑斓
点缀心中美好憧憬

也预示着人生跌宕起伏的演绎

雨中的城市
绿树更绿，弥漫清新
雨中的我们
望一望天空
略有所思，步履匆匆

泸沽湖

小鸟啁啾
雄鸡啼鸣
唤醒泸沽湖秀美、静谧的晨曦
群山环绕
远离喧嚣
镶嵌着璀璨晶莹的川滇明珠
迈开诗与远方的脚步
心情
寻访花海——水性杨花
寻访走婚桥

摩梭人千百年的身影

艄公摇动船桨
水流平缓
小船在繁星般盛开、点缀的
水性杨花中穿行
白色的花朵花蕊艳黄
静静躺在湖面
桨声和着笑语
扬起圈圈涟漪

---

* 作者简介：薛慈觉，男，67 岁，上海人，1989 年从华东师大高等教育自学考试中文专业毕业，自 20 世纪 80 年代中期至今发表过诗、小说等约 30 篇。

难忘的里格岛和村　　　　　　　营造青春男女靓丽的倩影
情人滩、女神湾　　　　　　　　相聚泸沽湖
泸沽湖的绰约风情　　　　　　　与泸沽湖相遇
镌刻了摩梭人的悠久传说　　　　这一刻
那天空之境　　　　　　　　　　留存心中恒久、美好的记忆

注：水性杨花为一种名为"波叶海菜花"的植物，分布在云南省丽江市泸沽湖，生于湖泊中。

四明山

重重叠叠　　　　　　　　　　　小巷曲曲弯弯
山回路转　　　　　　　　　　　古村宁静安详
车行四明山
我们　　　　　　　　　　　　　登高望远
在抗战遗址前瞻仰、凭吊　　　　满目葱绿
艰苦卓绝　　　　　　　　　　　浅浅深深
让灵魂接受深刻洗礼　　　　　　秋阳朗照
无数先辈抛洒热血牺牲、奉献　　洒向一片绿色连绵起伏的山峦
挺直中华民族不屈脊梁　　　　　凉爽秋风
　　　　　　　　　　　　　　　沁人心脾

那丹山赤水　　　　　　　　　　老友们笑谈、留影
柿林古村　　　　　　　　　　　与群山一起清新呼吸
峭壁峡谷　　　　　　　　　　　真好
溪流潺潺　　　　　　　　　　　绿树、翠竹的世界
单姓的村落　　　　　　　　　　——从长津湖一路走来
一口古井饮村民　　　　　　　　来之不易
柿子红红挂满枝头　　　　　　　倍加珍惜

张趄净作品*

满江红·个园德道义

纳华蓄英，肌成玉，锋柔破土。照日月，立节解甲，虚怀相空。历却暑苦十指绕，更经霜寒节愈贞。枝梢头，熙凤和叶舞，乐逍遥！

橄榄绿，演孤胆。戎旅涯，效国边，梦铁骑驰骋关山新月。曾游宦湖激流隐，除下林园绘宏展。走泥丸，铿锵涅槃然，大圆满！

愚弟趄净临别敬赠道义兄力勉！

沁园春·雨荷莲

悠古健龙，
盘亘伊阳，
势沉气蕴。
饮汝水琼霖，
气清轩朗；
西泰山旁，
杜鹃姑娘。
山聚一峦，
水涌一塘，
劲风疾雨侵荷莲。

越明日，
听香远益清，
亭亭劲刚。

斯人天降大任，
经沧海巫山弄云雨。
昔洛大寒窗，
力挺翘楚；
瘠壤僻乡，
脱颖锋芒。

* 作者简介：张趄净，男，51岁，河南省洛阳市人，毕业于河南城建学院，大专学历。曾任《洛阳晚报》《中国建筑》杂志社特约记者，现任易经博物馆馆长，著有专著《大本元·真太界》。

杜康大道，
滨河长廊，
历历轻拂正心桥。

东山起，
当饱墨浓彩，
再沐檀香！

愚弟趋净敬赠国兄力勉！

念奴娇·方塘田

五千岁年，赋洛神，泱泱逝者如斯。一脉书韵，蕴诗源，承半亩方塘田。天光云影，明月清泉，珠润和氏石。

西山之阳，当不阻馥郁煌。笑傲虎居平阳，飞龙尤在田，银栏笑靥。

弟兄并肩，见金乌，仍祥光普照间。蹊径活水，灵犀再显。

大道至简，再驰骋三合间！

愚弟趋净敬赠智兄聪谊勉！

张圣田作品*

天净沙·四季

春

蓝天白云雀鸦，
小树嫩草新芽，
村姑玉手采茶，
春风吹炸，
桃李一树繁花。

夏

清池荷叶莲花，
相思垂柳倒挂，
蜻蜓点水惊蛙，
半片荫凉，
几只懒睡闲鸭。

秋

枫树高举火把，
小径落叶黄花，
夕阳半湖红霞，
老桥少妇，
白鸭横渡回家。

冬

大雪狂舞苍穹，
万物瞬间无踪，
青松翠竹鞠躬，
高峰低峰，
惊涛骇浪汹涌。

---

* 作者简介：张圣田，2019 年开始发表相声、诗词、散文、小说等个人作品，至今已有数十篇。

枫　叶

落叶别枝秋意浓，
争先恐后舞长空。
已将片片当信纸，
写满相思一地红。

咏　蛙

纵横禾田影无踪，
鼓肚圆眼笑长空。
从古至今不改色，
快如闪电捕小虫。

咏　藕

深藏水下淤泥中，
默默育花娇艳红。
捧出荷叶惹人绿，
操碎心思七八孔。

老　翁

老翁扶杖溪水边，
凝望白云伴炊烟。
额头小路堆晚霞，
闲看落日过西山。

章静作品 *

当金桂滑落

油亮闪烁的精灵，
软绵绵的触感，
初生婴儿的弹嫩，
奇妙的香浓，
赏心悦目的可人，
尊贵的宠儿，
在风声鹤唳中蔫了，
雷神也震不醒，
秋雨也难起灵。

面临何去何从——
无人能及的果敢。
去酒窖，
去茶坊，
去糕团，
去药店，

去化妆品厂，
去实验室，
作尘，沾泥，入种……
只要还有用。

谁不羡永香常青，
谁不羡金玉满堂。
无奈哦无奈！
这是桂的宿命。
文人墨客少安毋躁，
曾经的辉煌，
曾经的馥郁，
被伟人收藏。
纳入月宫，
金桂永恒。

---

* 作者简介：章静，女，1962 年 9 月 8 日出生，浙江省宁波市象山县人，大专学历。20 世纪 80 年代初发表诗歌《我为姐姐采枕花》，1979 年 2 月起从事教育工作，爱好音乐、美术。

追　逐

追逐——痛苦，
追逐——失落。
追逐——我在雨雾茫茫中迷路。
痛苦——我为爱得沉甸而痛苦。
追逐——因为希冀的光我追逐，
失落——我就像凋零的花叶。

我自豪于追逐永恒的肃穆，
我痛苦于天真受骗的醒悟，
我心中苦乐交融的烈火——
激励我继续追逐向门槛深处……

教　师

抬头看笠天，低头饮涧泉。
不必问笛声何怨，
不必问涧溪何欢，
不必问落日何安。
浓重的山荫，缄默的祖先，见证了一切。
从溪流黯然的干涸到流光溢彩的丰沛；
从花凋叶落的萧条到千果压枝的繁茂；
从幼枝嫩芽的孱弱到参天大树的强壮。
无须问落日的去向，
笔和一颗无垠的心，
无时不在勾画日月与年轮。

郑彦廷作品*

续　缘

千回百转只为九转丹成，
秣马厉兵志在收拾旧河山。
苦挨日月，功成果满，德匹四野，
一行清泪，两肩霜花，
为我辈功行作证明。
然，
身残体破，无奈几何，祈愿心净土，
百药续道缘。

酬　心

身负奇才，
心中韬略，
敢与天地辨雌雄！
羽扇轻摇，
胸中沟壑，
甲士千百万，
志在三国大一统。
酬三顾，轻生死，
风骨傲苍穹。
一抹夕阳，
碧血丹心尽赤红。
英雄末路，
但得经纬，
大愿俱成真。
一慰忠魂祭生平，
孰不负心。

---

* 作者简介：郑彦廷，男，52岁，1970年出生，河北省邯郸市涉县更乐镇南池村人，涉县
天铁炼钢厂职工，喜爱传统文化。希望提升自我，广结有缘人。

舒 怀

春来春又去，　　　　　　天道易循环，
秋去又逢秋，　　　　　　窃将冲天志，
人生良宵短，　　　　　　化入紫云山。

人生寄语

昨日还是阴雨缠绵，
今日已是寒风萧瑟。
人生百年如白驹过隙，
纵然彪炳史册，
只不过是文藻华丽，武歌悲壮。
既然识得生死关窍，何不重修性命，再立乾坤。
捉龙虎，配坎离，
得龙虎大丹，
与九玄七祖、四方大德共逍遥，
高踏云霞，俯瞰山海，超然物外，
一显，中华一体无形无相道隐无名的最美归途。
不生不灭，无生无灭，
和光同尘，象外春光亿万年。

周瑞祥作品*

礼 花

明月羞涩穿云出，　　　　　司仪撒花忽不见。
繁星含笑行天早。　　　　　但见空中雪花飘，
一声春雷响九霄，　　　　　不觉晶珠湿衣衫。
天遣神仙齐来到。　　　　　颗颗流星上天庭，
雷公接旨放天雷，　　　　　朵朵银环天上落。
雷声唤醒夜莺叫。　　　　　更有娇虫乱飞舞，
王母得令唤花仙，　　　　　遥看瀑布半天间。
花仙飞天身姿妙。　　　　　万众仰视不低首，
天翁撑伞不为雨，　　　　　倾城欢腾不团圆。

明月思君

雪浴寒梅溢香散，　　　　　仰天唏嘘悲孤月。
秋拂败柳叶飘远。　　　　　残阳融雪雪不净，
君心戚凄叹冷寝，　　　　　星稀夜黑两相难。

---

* 作者简介：周瑞祥，男，1961 年 12 月 6 日出生，甘肃省永昌县人。大专学历，中国共产党党员，甘肃省窑街煤电集团有限责任公司退休职工。爱好文学艺术创作，论文《煤炭调运要合理合法科学》获得窑煤"运销杯爱岗敬业职工"优秀论文奖，诗歌《窑煤 60 赞》获得窑煤集团职工优秀创作奖并被刊在《奋进的脚步》一书。

七律·乡情

风醉叶舞花斗艳，
山映水欢波竞歌。
夕阳笑落白云飞，
暮色喜慰饱鹅还。

耳聪忽闻琴笛声，
足勤悠见婆邀舞。
莫恋都市繁华胜，
愿听避乡清静歌。

徐水旺作品*

铁 军

依恋战狼跋，深衷满海涯。
不妨参耀美，舍后铁军达。
常守芳根土，山川日月华。
公庭衡世事，安所百年嘉。

所向披靡

美景弦声共水竹，丽温康壤亘长途。
方池更似常城港，镇酒云集壮绩如。
之子清秋尘世梦，派流八万震霆烛。
出征愿效闻风久，所向披靡成特书。

夜 追

常映红心男子志，山高天际正年盛。
公门拦截危楼处，安所悟思应圣明。

---

* 作者简介：徐水旺，男，1965 年 4 月 12 日出生，浙江省常山县人，浙江省衢州市常山县诗
词协会会员，浙江省常山县公安局一级警长，诗词作品常在《三衢警界》等杂志发表。

战履竞临真性笃，狼烟扑灭勇于行。
铁衣披挂催征马，军旅迎寒彻夜程。

战狼赋

胜后花园战狼赋，
利途波浪赞飞豹。
奔腾翻海铁军矛，
望远芳营誉震耀。

飞 豹

教培铁马战狼山，
育获长军飞豹篇。
师道芳风欲仙梦，
范模新月誉相传。

黄明金作品 *

贺母亲

　　岁月悠悠，历史车轮辘辘。百年恍然而过。您从硝烟弥漫的战争年代，到国泰民安的和谐盛世。往昔，您饱尝辛酸，历经沧桑，遍体鳞伤。如今，您擦干眼泪，高举旗帜，继续前进，奋力拼搏，从弱小变强大，赢来了今天繁荣、昌盛、富强的新中国。在您百年诞辰之际，五湖四海，沸腾一片。辉煌的成就令人刮目相看。一首首动人的歌，一篇篇激昂的诗，一桩桩感人的事，一条条高铁巨龙，一座座繁华城市，一项项高科技成果，一次次大规模军演……"两弹一星""天宫"登月，"神舟"遨游，"蛟龙"潜海，"辽宁"巡航……硕果累累。您自豪欣慰的笑容，蕴含着对中华未来的高瞻远瞩，展现了大国复兴的坚定信念。对您万般赞美，您轻语道：观世界风云变幻，历史重担还艰巨，世界美好中国梦，尔等还需再努力。

旌湖夜景

　　七彩碧灯旌湖耀，万丈高楼水中俏，水天一色真是妙。火树银花满城闹，红妆素裹伴良宵，莺歌燕舞醉今朝。夜深湖静正气鞘，妖魔鬼怪不再叫。牛气冲天星火兆，和谐荣光幸福描。

---

　　* 作者简介：黄明金，男，51岁，四川省德阳市人，高中学历，农民，业余文学爱好者。诗词不拘一格，通俗易懂，朴实顺耳。

念奴娇·罗江奋进

改革开放，见成效，先驱伟人功绩。罗江今昔，相比下，城乡翻天覆地。工农发展，经济腾飞，如雨后春笋。招商引资，推动罗江经济。试看罗江今朝，人民富裕，安居乐业。金牛古道，白马关，三国文胜遗迹。万佛贵妃，文才莫属，仲淹调元。文化旅游，一并发展辉煌。

银杏大道有感

昨夜妖风起，今晨遍地金。
寒风不割面，不知冬已深。

大美孝泉

雄伟古老舍利塔，十里之外风铃声。
云长耀居武圣宫，勇猛忠义四海扬。
涌泉跃鲤邻姑泉，泉水长涌千里流。
安安送米三孝祠，大孝德风万代传。

杨士勇作品[*]

塞外春色

四月凌流鲤鱼嚣，迟开杏花似云飘。
杨花柳絮随风舞，葡萄藤萝伴露摇。
雁鹭鸠莺争艳魅，牛羊驼马竞逍遥。
九曲浩荡黄河傍，塞外春景处处娇。

游缥缈峰

闲时结友入仙都，脚下云飘树影糊。
日转林清瞧鸟背，烟稀谷朗辨通途。
夫差曾造亭廊健，范府原吟诗作读。
缸瓮鹰嘴仙人坐，缥缈顶上看太湖。

游沙家浜

阳光和煦抵湖边，碧水阳澄万顷间。
苇色气新熏忘我，白鸥翩舞醉流连。

---

[*] 作者简介：杨士勇，男，1965 年 2 月出生，安徽省寿县双庙集镇人，中国共产党党员，现居住于苏州市吴江区，从事教育教学工作至今已有三十年。

春来茶馆余音绕，芦苇丛中战场掀。
不泯精魂常健在，徜徉红壤怨流年。

游木渎

泛舟香溪漾碧涟，桃红柳绿荡春颜。
埠头石路吐苍翠，店铺酒旗卷醉贤。
古朴私园铭吴韵，行宫虹饮刻史诠。
康乾绝秀九巡地，古镇美名冠江南。

我爱吴中

甲：我的老家在黄土高原上的巍东，
　　我饱尝了时常夹杂着沙土的大风。
　　幼小的我乖乖地缩在窑洞里，
　　一阵阵惶恐。
乙：我的老家在云贵高原上的昭通，
　　稻草和木头搭的房子让我恍惚。
　　幼小的我默默地坐在门前的石头上，
　　一番番惶窘。
合：上学的年龄已到，心中时时刻刻冲动，
　　可去往学校的山路陡峭又布满荆棘草丛，
　　且家庭贫困，根本无法养供。
　　大山里的孩子想上学难上加难。
合：我的父母憧憬着，
　　摆脱贫困，奔小康实现家的梦。
　　才拖家带口、千里迢迢，

辗转来到江南水乡——苏州吴中。

甲：吴中，历史悠久、文化璀璨的吴中，

3100 年前的泰伯就在此建立了小国——勾吴。

阖闾、伍子胥共谋，伯嚭、孙武相助，兴建春秋古城，

《孙子兵法》博大精深，给我们留下了千古鸿篇。

乙：吴中，人文荟萃、人杰地灵的吴中，

朱买臣、顾野王、陆龟蒙积淀了丰厚的新宠。

文学、戏曲、绘画、书法，崛出批批才子新秀，

民歌、舞蹈、园林、特产，记忆片片文化苍穹。

甲：吴中，三国军事家陆逊、陆康、陆景、陆抗，了然于胸，

唐时，吴中两宰相陆象先、陆希声，至今仍显雄风。

"先天下之忧而忧，后天下之乐而乐"范仲淹音容尚存，

"梅子金黄杏子肥，麦花雪白菜花稀"范成大"田园苍松"仍在。

乙：吴中，明正统四年第一名进士施磐，口碑高耸，

明时修建天安门、故宫的总设计师蒯祥更是世人赞颂。

明时更有吴门画派巨子沈周、文徵明、唐伯虎，

真是不胜枚举，佳人才子，名人无穷。

甲：吴中，风景如画、鸟语花香的吴中，

河边垂柳婀娜，马路绿植花木，更有香樟葱茏。

公路洁净宽阔，河水清澈如镜，

高楼鳞次栉比，新房幢幢栋栋。

乙：吴中，山清水秀、景点别致的吴中，

到木渎、甪直、枫桥古镇观光兜风。

游东山、西山、金鸡湖、穹窿山风景区，

花亭水榭，谱一曲江南小唱，软语吴侬。

甲：吴中的春天，来得早早，去之匆匆，

沁人的芳香伴着满眼的春景，恰似皇宫。

到处生机勃勃、情趣盎然，真乃人间天堂，

有元人诗证——人道我居城市里，我疑身在万山中。

乙：吴中的夏天，时间虽长，但无感烤烘，

满河的航船加上满路的车辆。

繁荣的景象融入吴中夏日的大画卷中，

有唐人诗证——接天莲叶无穷碧，映日荷花别样红。

甲：吴中的秋天，金色和梦美美与共，

满仓的果实造就满满的吴中梦。

人们欢欢喜喜、心满意足，共享幸福生活，

有宋人诗证——万物静观皆自得，四时佳兴与人同。

乙：吴中的冬天，是白色与绿色的交融，

雨雪阻挡不住忙碌人们快节奏的时钟。

奔波不息、不忘初衷，还是吴中好，

有唐人诗证——江皋寒望尽，归念断征篷。

甲：啊！吴中，我的第二故乡，

新衣穿在身上，让我把过去的尴尬穷窘远送。

昂首走在清洁宽阔、充满香气的上学路上，

心情舒畅、自信满满，身体倍感轻松。

乙：啊！吴中，我的第二故乡，

美食吃在嘴里，弥补过去的奢望与平庸。

奔跑在新学校崭新的塑胶操场上，

不断放飞梦想，憧憬未来，力量无穷。

合：啊！吴中，我的第二故乡，吴中，

住着新买的楼房，为成为新吴中人而咏颂。

我们要好好学习，将来做建设祖国的栋梁，

啊！吴中，我的家，我爱的吴中！

胡兴元作品*

木棉花

远似红霞近是花，千树万簇映山崖。
南度国里花开早，催绿初春二月芽。

城市夜

夜坐城楼纵观景，辉煌一片撼心灵。
楼接远山连绵去，灯连星海无界分。
莫不九天凌霄殿，趁着夜色入凡尘。
抬看苍穹星月处，错把人间当天庭。

登高山顶上

足踏高山顶，豪气顿觉生。
欲凌九霄上，敢把山河吞。
展劲鲲鹏翅，驾飞万里云。
直入灵霄里，同饮玉皇樽。

---

* 作者简介：胡兴元，笔名"天涯仔"。1957 年 7 月生于四川省宣汉清溪三河乡，1962 年父亲去世，随母亲到南坝黄石乡余家湾，并在该地的小学念书，1966 年辍学在家务农。1978 年随亲迁至海南省三亚市南滨农场工作。2017 年退休后，重新开始创作诗歌。

卜算子·菊花颂

冷风吹寒霜，
千山落叶完，
春花不知何时尽，
唯有你烂漫。

不惧寒风烈，
何言花开晚，
更喜庄重黄昏天，
独把秋色点。

张新德作品 *

缅怀父亲

我的父亲生在解放前，
暮年多病，昔日贫寒。
无私奉献，恩不堪言。
三岁离父，孤立无援。
幼小童年，十岁犁田。
衫不遮体，服破衣残。
面部染疮，脓肿腮沿。
稀粥充饥，瘦体枯颜。
居无定所，寄人屋檐。
常年赤脚，厚茧叠缠。
春夏秋冬，酸辣尝全。
惊雷一声震天响，
来了救星共产党。
镰刀割断旧乾坤，
斧头劈开新天朗。
翻身农奴把歌唱，
未来规划心照亮。

立志医学登佗山，
深钻中医把脉关。
杏林敬业拯黎患，
悬壶济世技精湛。
众不绝口百姓赞，
颂语活菩传民间。
顶天立地重挑肩，
含辛茹苦责任担。
膝下三男又六女，
后裔九个赛桃李。
富有车房祥吉瑞，
书香门第父赐贵。
古稀驾鹤天堂上，
苍天嚎哭撒悲泪。
积德行善忠孝义，
音容宛在留世辈。

* 作者简介：张新德，中国共产党党员，退休干部，四川省达州市通川区北山镇学堂村人，现居成都市。曾任中华文学社执行社长兼总监，作品散见于报刊和网刊。

今昔北山

诗歌之乡，文武北山，
人杰地灵秀谷川。
荆棘丛生，洪汹浪翻，
污泥浊水染河端。
手掌木犁，牛耕田间，
脸朝黄土背倚天。
坯房作舍，破烂不堪，
生活艰难苦辛酸。
悬崖陡坡，交通不便，
肩挑背磨腰压弯。
信息闭塞，外世隔断，
互动联络效率低。
百废俱兴，乡村巨变，
衣食住行颜貌换。

绿水青山，美景连片，
姹紫嫣红花果艳。
陈列书馆，墨香四散，
文风鼎盛赋咏灿。
马达轰鸣，铁牛歌盼，
五谷丰登喜笑伴。
扶贫新村，群楼满建，
精准脱困恩展现。
蜀道天险，纵横车贯，
四通八达万条串。
北斗卫星，任由呼唤，
往返分秒众人赞。
昔日贫穷，今朝富迈，
砥砺前行再征战。

七律·咏科学家陈薇

苍生语至书芳耀，赤子花开报国荣。
绝顶难题归玉解，丰碑独坐立军营。
英雄战胜冠魁灭，壮士攻坚业伟成。
颂赞贤才倾力命，讴歌德泽载功名。

七律·诗颂学堂村

门庭爽气春风飘，院落祥云日月冉。
九转青山行路难，三条赤手①攀天险。
新村四座②解愁容，故里千人张笑脸。
铁索石桥③两岸连，奇看秋色金光闪。

七排律·吟春

冰流雪去红霞照，雨落风飘紫气香。
千嶂叶飞青极目，数星林映碧生光。
共叹四野诸山茂，喜看三春万象昌。
鸟语黄莺歌百品，虫鸣彩蝶恋群芳。
花开转眼添新貌，绿满随身换旧装。
为此乾坤书秀句，又惊奇绝著佳章。

---

① "三条赤手"意指学堂村的三条硬化公路。
② "新村四座"均指该村连续六年共建四期精准脱困村民聚居点。
③ "铁索石桥"指该村修建的两座桥，即连接两乡的铁索桥和用纯青石打造的漫水桥。

李世刚作品 *

青寓族训

修齐正直，兼容聚强；
妥善整合，民主试商。
重塑新序，循律柔攻；
协同进化，曲成共享。

联　行

世象流变，无域无极；
人类曲进，同存共利。
探律循序，多元并争；
持公守正，凝心聚力。

贤

觉察知明，修齐治平；
直对善恶，循律美境。
时物变进，随缘利民；
世流无极，聚力同行。

走　向

且读且行，自律自制；
常思常作，立业立志。
专注专修，识己识境；
历苦历难，阅人阅事。

---

* 作者简介：李世刚，笔名"青源"。男，汉族，1970 年出生，祖籍四川泸县。自 2019 年以来，诗作先后荣获文人奖、金爵奖、小金人奖、国家文艺奖、亚洲文艺奖、人类文明贡献奖、世界教科文杰出贡献奖。自勉一词《活着》：阅典应变，开来启新；生命不止，感悟不尽。融通归一，简略精准；创作不息，艺历不定。

荣　生

荷举露垂曙光射，鱼戏虾退清波漾。
蜻立碧场振翅飞，蜂据莲台采汁酿。
虫蛰蚁遁皆羞怯，蟾步蛙跳各展长。
蓄势循律易出路，曲进利社向富强。

秦　岭

中央崛起父脉巍，千里横贯划南北。
黄河长江一岭分，豪放婉约两边随。
佛道儒隐百代修，周秦汉唐数朝归。
羚牛熊猫富足过，金雕朱鹮悠闲飞。

进　步

阅作设己游上瘾，察物整序探未知。
速馈互动应当下，试错建思对现实。
推陈出新边界展，集繁用简分工制。
正念冥想多重复，教学相长变稳持。

人　生

一路曲行虽向完，但传基因后进展。
成败得失谁不历？衰老枯死皆自然。
德智体美思齐贤，静修清明炼远见。
财富知域终成比，蓄势求索勇当先。

诗　社

十年翰墨聚人气，平仄比兴经磨砺。
谋篇布局胜选字，起承转合输炼意。
时代脉搏紧抓握，未来新象勇开启。
淡泊高远造境界，清丽雄浑示真理。

青　寓

北蓥余脉逶迤来，东支秀峦蜿蜒去。
虎岭屏立黛丘抱，雀峰重列清溪曲。
春潮携雨浴草木，晓日腾云映园居。
风引兰随九里香，律助物竞一堂聚。

师

修己治学巧授忙，层分材别喜扬长。
探律解惑启引领，亮瞳飞绪高远望。
练思养习培大根，激趣疏性指航向。
手举肩负起后秀，道扶理正立栋梁。

归 园

泸阳腾岭中南麓，叶坡庭院围小筑。
青寓智楼向天指，文廊匾意萦脑悟。
勒石对联迎朝辉，牡丹蕙兰垂晨露。
清池莲塘龟潜隐，银杏金楠鸟鸣舞。

智

勤体寡欲生活易，破围立新成长苦。
阅作游历广集思，认知修炼顿开悟。
慧眼贤心寻本真，执念续行探我独。
人性社律理先觉，参透因果道不孤。

处 世

学思审辨，谨言重行；
推己及人，平直信敬。
预备隐伏，忍小就大；
鉴往取从，法天进境。

青 恋

草木一春，一段人生。
荣盛衰枯，不老谁能？
励志修文，热血沸腾。
青春之子，不奋何成？

美

青春容貌气质扬，心灵绽放德智光。
颜值体能递时衰，才华认知历练强。

灵 恒

探索一世余辉存，追寻千年真理蕴。
求律不息破知域，蓄强无极展智群。

李光权作品*

建党 100 周年抒怀

神州崛起梦醒人，征战四渡用神兵。
百折千回击浊浪，雾霾万里转乾坤。
锤镰指路耀东方，亿万红星砥砺行。
伟绩丰功惊天宇，曙光染红大地春。

观贵州平塘县天眼有感

慧眼识远太空外，银河系列畅你怀。
浪花两朵是日月，金规铁律领路来。
星辰各自行其道，规章量度自主裁。
大道博渊经难理，此景一出自悟开。

心中的话儿献给党

华夏巨人扛大旗，万马千军疾奋蹄。
不负韶华追国梦，聚起民心铸大基。
险岭攀峰辟新路，神州凯歌添锦衣。
颂歌献给领路人，同载航母飞天宇。

嫦娥梦

平生盼一梦，览游地球峰。
长征携茅台，同醉广寒宫。

---

* 作者简介：李光权，1949 年出生，男，汉族，1968 年从贵州省仁怀市二中毕业，后回乡务农，1974 年参加工作，从事小学教育事业 30 年，2004 年退休。

丁侠作品 *

借点什么

捡几根柴，
借点火，
自己暖暖心肺。
挑几个字，
借点词，
拼成诗留下脚印。
挂串风铃，
借点风，
把春风相送。

不知哪来的飓风，
一夜风雨突袭，
什么样的气候，
形成这样的环境。
什么样的季节，
才知道荣辱。
好想借点什么，
让世界和平。

沙

有人会规划。
有人脱胎换骨，

人生就如一盘散沙，
有人挑，
有人捡，
有人被沙子埋没。

被风吹走的随风而去，
被色彩染的迷茫摆渡，
被雨洗刷地成了璀璨明珠。
沙还是沙，
人却在蜕变，
蜕变……

---

* 作者简介：丁侠，女，1972 年出生，化验员，爱好琴棋书画。

生命还有多长

我不知道生命还有多长。
但我会抓住一切时间，
去打开宇宙匿藏的奇妙，
淘尽大海里的尘沙，
融入五彩斑斓的海洋。
不管命运多么坎坷，
不管别人怎么对我。
用一颗火红的心，
面对苍生，
面对山河，
问心无愧，
把心捧给上苍！

我不知道生命还有多长。
不知爱我的人，
爱有多深，
也不知我能给予什么。

只要有一丝余热，
生命里的每一刻、每一秒，
我都尽力为你放光。
不需回报，
但求你清纯铿锵！

也许你是位过客，
也许你是位可敬的人，
也许，也许……
太多太多的未知，
人生包含着太多的沧桑！
过往的付出和坚强，
过往的失败与凋落，
以往的以往，
不需回望！
让我们展翅高飞，
开启新的方向！

王自国作品 *

人生是什么

人生是什么
生活告诉我
人生是一种付出
也是一种收获
人生是一种孤独
也是一种快乐
人生是一种平凡的炼变
也是一种本性的执着
人生是一种形式的存在
也是一种经历的过程

人生是什么
心态告诉我
人生是本质加环境机遇

最终形成命运之和
人生是物质的生存发展
也是精神的成长超越
人生是迷茫困惑与挫折
也是本我、自我、超我

人生是什么
苦辣酸甜
喜怒哀乐
是非对错
爱恨善恶
存在于人生过程中的一切
人生是什么
经历会告诉你我

为什么坎坷

人生道路上
总有一些曲折坎坷
芸芸众生

努力地上下求索
追求心灵的无碍
物质的收获

---

* 作者简介：王自国，47岁，湖北省安陆市人。

价值的过程
成功失败中颠簸
理想现实间穿梭
情感责任里胶着
矛盾与发展
积极与消极
相互附和
事物相互统一
又在相互制约

追求理想
为更快乐地生活
生存发展中成熟本我
在同一个地方跌倒
都是世俗红尘惹的祸
人呐
总有那么一份执着
放不下太多
红尘恩怨是非对错

空虚肤浅冲动的人
怎样抑制自我
浮躁膨胀虚荣的心
怎样超越解脱
世俗偏激短浅的意念
怎样坦然沉着
卑鄙狭隘自私的灵魂
怎样正直宽阔

本质加环境机遇
等于命运之和

追求灵魂
先从精神这儿通过
追求精神
要得到物质的许可
追求物质
注重道义是非对错
儒雅中
多少谦和礼让的品质
在理想主义中坚守
欲望中
多少追名逐利的意念
在现实主义中失落

人们在成就价值中
得到幸福快乐
眉头却在
情感与金钱之间深锁
有多少人
在时代潮流中成就超我
又有多少人
在物欲潮流漩涡中被吞没
有多少人
清者自清，浊者自浊
又有多少人
由黑与白组成灰色
有多少人
在思想道德中不断超越
又有多少人
在精神与道德层面迷失困惑
幸福与价值
总在精神与物质之间结合

中华儿女强起来

千年的华夏民族
历经多少荣辱兴衰
亿万的炎黄子孙
又有多少真正明白
多少坎坷沧桑铭记心怀
多少希望等待被岁月掩埋
长江黄河的浪涛
淘尽了多少尘埃
卧虎藏龙的九州
又孕育了多少英才
平凡善良创造多少伟大神奇
杰出伟大又滋生多少腐朽悲哀

过去能说多少现在
现在又能证明多少未来
时代造就多少英雄豪杰
正气灌注了多少精神气概
是潮流推动了你
还是你推动潮流如海
是时代的骄子
还是骄子的时代
伟大的复兴
需要伟大的情怀
伟大的崛起
需要中华儿女都强起来

中国坐看风云变化

堂堂中国
千年华夏
勤劳勇敢
仁义礼法
多少荣辱兴衰
多少翻天变化
任凭
世界风云变化
任凭

列强挑衅遏制打压
坦坦然然
从从容容
潇潇洒洒
狭隘肤浅自私的人
才会把生存发展
时空局限差异的矛盾极端化
庸俗短浅粗暴的人
才会武力称霸

有道是
强者自强
弱者自怕
胸怀与风度
智慧与和谐
才能无敌于天下
我们
是一个社会主义大国
所有决策
都从全人类利益出发
所以我们
时常把姿态
放得很低很低

这并不代表我们软弱害怕
我们要让时间和真理来说话
中国坐看风云变化
不仅仅是因为
我们有亿万万同胞
更是因为
我们勤劳勇敢智慧豁达
中国坐看风云变化
不仅仅是因为
我们有钢铁长城
更是因为
我们正在复兴中华

相对论

世界上的事物是对立统一的，
是相对存在的，
而不是绝对存在的。
错才会辨出对，
丑才能衬出美，
喜爱也会成厌恨，
善良也会变邪恶。
事物的演化会有对错美丑，明暗大小，贫富智愚，爱恨善恶两条或以上的点线面，交叉交替、螺旋运行过程的形式或形式的过程。
事是过程，
物是形式，
事物是过程的形式或形式的过程。

过程改变形式，
形式改变过程。
变化才是永恒，
永恒也是变化。
事物都是其特定时间环境前提条件下的度数。
时间环境的前提条件改变，
决定事物的层次正反，局限差异的关联性相应改变。
要一分为二甚至多元高维，发展动态地看待事物在其特定时间环境前提条件下的两面层次性，局限差异的关联性。
相对而言，人的是非对错、爱恨

善恶只不过是你认知边界与缺陷的三观带来的。

中性才是事物的底色与常态，

是人过度的欲望思想推到事物的另一面。

形而上者谓之道，

形而下者谓之器。

人心的罪是自以为是，

人性的恶是贪嗔痴妄。

相对的真理，

相克相生，相辅相成，

因果轮回，物极必反。

一切过往，

皆为序章。

两极相通，

因果不虚。

知恶向善为智，

以善致恶是愚。

从主观事物认知到客观事物的本质，

从而自我判断、调节、承受事物的能力，就是心理素质。

法不轻传，道不贱授。

人生皆苦，唯有自渡。

宋文宝作品[*]

满江红·长征

百年风云，今回望，国破山河。

长征人，星夜兼程，待旦枕戈。

七百天三餐易断，两万五双眼难合。

踏鬼门，惊煞阎罗王，心头热。

智突围，赛诸葛；

敢碰硬，动真格。

心中红星照，光芒四射。

勤耕不得饱腹日，暴政偏偏不敢惹。

天不公，难惹我偏惹，怎了得！

红旗永不倒

火把燃尽了，再续一根吧，

草鞋要散了，做个草绳再绑下吧，

天亮前要走出这片草地啊，

同志们，走啊，走啊。

太阳就要落山了，金沙江很平静呀，

　＊　作者简介：宋文宝，男，1980 年出生，"长征跑"创始人。2018 年创立百里负重夜跑（大连）文化传播有限公司。长征跑即百里负重夜跑，表现的是红军式急行军，是长征精神的时代活化，是文化自信的中国表达。载体为国际长征跑挑战赛，定位为 2.0 马拉松。

它知道我们要渡江吗？
滔滔的江水映衬着脸颊，
红旗飘飘伴着它，
同志们，走啊，走啊。

万里长征，红旗两万五千里地飘，
换过旗手的怀抱，
却没换红星迎风飘，
走过草地，渡过大河滔滔，
穿过丛林，扛过大雪飘飘，
这就是我们的长征，青春走一遭，
接过红旗再长征，青春在燃烧，
走啊，走啊，红旗永不倒。

东方日出了，火把熄了吧，
昨晚战斗了，十八岁的他牺牲啦，
就让这片青山和他做伴吧，
同志们，走啊，走啊。

红辣椒水烧开了，嫌辣就吞口雪吧，
过了雪山就要胜利啦，
巍峨的雪山映衬着红霞，
红旗飘飘伴着它，
同志们，走啊，走啊。

光阴虽逝，红旗照耀几代我同胞，
换了江山的容貌，
却没换黄皮肤的笑，
绿了青山，建了高铁大桥，
立了国威，踏上复兴大道，
这就是我们的长征，中国梦在烧，
接过红旗再长征，青春在呼啸，
走啊，走啊，红旗永不倒。

沁园春·中国梦

　　泱泱大国，五千文明，四海远播。听丝绸之路，驼铃脆脆；大漠孤烟，长河日落。

　　一盏清茶，漂洋过海，物华天宝与谁说。到如今，江山依旧在，花香果硕。

　　自古单足难行，行天下双腿天地阔。看长征之魂，负重夜跑；红旗不倒，大梦所托。长征跑加，一带一路，文化传承有自我。俱来矣，还看中国梦，天下一搏！

卞建华作品*

秋夜情思

一叶帆舟静河中，　　　　　　一段情殇流水梦，
一竿一线垂情愁，　　　　　　一行南雁影无踪。
一丝银线系眸月，
一群鱼儿逆水游。　　　　　　一朵心蕾润绮美，
　　　　　　　　　　　　　　一曲水音觅思味，
一盏酒香飘秋夜，　　　　　　一首诗意泌浅醉，
一袭露水湿情结，　　　　　　一抹情丝吻清秋。

爱之使者

你悄悄地走了，我的父亲，
古稀的年旬，如同十三的月儿，
尽管没有那么完美，却也不失圆润和诗情。
我刺痛的心，在梦中也在读你，
读破太空，刺破天堂，两颗心相知相伴。
我知道你在美丽的天堂也会徘徊，
你割舍不下浓浓的亲情，对朋友弟子的爱恋，
还有你那心中情牵的爱。

---

* 作者简介：卞建华，男，59岁，天津渤海化工集团员工。诗词爱好者，喜欢诗歌、书法和花卉。

你静静地走了，我的父亲，
你那流畅的一生，如上天派来的爱之使者，
不沾名利，不食烟酒，一岁一枯荣。
你是家中爱的源泉，情长潺潺的溪水，
寒冰与瑞雪在你的爱抚下，也会融化，落泪。
你年少时的清贫，中年时的坎坷，年长时的俭朴勤劳，
都无法改变你的气节，对生活的执着，对未来的憧憬。
在梦中，我握着你那勤劳的双手，感受着你的慈祥，
倾诉着我的迷茫和惆怅，
多么不可思议……

你轻轻地走了，我的父亲，
你不是诗人，可你的生活充满了诗意，
留下的每一个文字是爱的音符、爱的篇章、爱的画意。
让我沐浴着你的智慧，
回味着以往日复一日的幸福时刻，
还有你那童心未泯的童趣，不失雅俗的浪漫。
你踏着尘土而去，两袖清风，
在天上续写爱之神话，把爱献给天空、大地和人间。
真的很感谢你，我的父亲……

蓟水情缘

漫步蓟运河河畔已是午夜时分，
四月的春风轻拂着杨柳，吹绿了两岸繁茂的树草，
微起涟漪的蓟运河河水，倒映着两岸美丽的景色，情致怡然。
弯弯的双月儿，泛着皎洁，凝视着各自的存在，
一动一静，
犹如一对天使姐妹花，俏皮、靓丽而娇柔，
蓟运河河桥灯如花，簇拥在蓟水花草丛中，

银光花色，风情万种，温柔了岁月。
清悠悠的蓟水微风沐浴着我的情怀，
夜半暮色，蓟运河畔美得那么宁静、圣洁。
春天总是惬意，
初长成的花草散发着缕缕清香，
轻曳身姿，妩媚婀娜，
你可曾留意踏青的成双的鸟儿夜憩枝头，
纯纯意境，款款柔情，令世人感叹。

蓟运河，我心中的运河，
悠悠的河水在我心中流淌，
青葱的河畔，柔情的蓟水，犹如宽广的胸膛，
让我在情境中舒展内心的真实和安宁，
习习的和风，荡漾的蓟水，
抚平世人的情殇和欲望，
人生风景在游走，蓟水情深怎能让我不流连。

蓟运河畔情文丝丝，风情长流，爱意浓浓，
谁能不曾留意河畔之美意，
不纳蓟水之情深。
心中有爱，自有爱的回眸和爱的永恒，
初草期待着春风化雨的时刻，
枝头小憩的鸟儿等待着清晨第一缕霞光，
静静的蓟水河畔夜色美……

李为民作品 *

点点的旅行

秋风多情
出发了
带上点点，还有它的一方小天地
它是一只小龟
像极了风过后的蒲公英
被动着随我去
我说不好是旅游还是什么，它更
不似等风来，隐约的泪光中满是无奈
和迷茫
数不清的未知站点
迎来送往着每一位过客
车轮碾过平原、草原、河流
去向更远
眼中不停顿地播放纪录片
从自然到人文
从日出到月升
记住的很美
记不住的更想记住
摄影成了惯用伎俩
自然和文明习惯了面对闪光灯，
因为知道你什么也带不走
而且偶尔会和你开个玩笑
发泄一下脾气

算是对咸猪手的小小惩罚
显然会牵连太多的无辜
是不是这样才众生平等呢
点点更是颠簸习惯了
大多数时间在车里
在它的一方天地里
偶尔受到恩赐似的出来透透气，
感受大世界
它好奇地摇头晃脑，随后竟是蹒
跚乱窜，是想逃离吗？哦，也许是想
回归自然吧
捉它回来，此刻或许于它眼中我
是残忍的
我和它的交流
不是喂食换水瞬间
而是无言对视，抑或是彼此无视
时的向远凝望
我在看世界
它也在看世界
都是生命的呐喊和憧憬
只是我以为它把自己托付给了我
其实，恰是它给了我一个灵魂安处
在这个星球

---

* 作者简介：李为民，笔名"火星国王"。业余诗歌爱好者。

一片落叶都是又轻又重

好在，我们都有智慧，人类的智慧已经高居珠峰之巅了

只是人类寂寞了自己，更践踏了自己

人类是创造者，又是毁灭者

满目疮痍之后谁又能飞出星际呢

文明的酒杯是盛满劫后余生的庆幸还是对曾经的留恋与哀痛呢

点点不同

它或许只是向往自由

简单的我却给不了

因为我是人类

白云过处

说不好是雨是雪还是晴天

我们仍要看

车轮向前

过去什么了

前面在不断后退

前面是什么

点点开始闭目养神了

它在想什么呢

也许，这就是无为而治吧

秋风又起

冰冷地提醒我该启程了

人生不就是捡拾了无数个被打断的灵魂碎片的组合吗

黎明和黄昏

哪个好

我说都好

吾山河

大气山河纳雪

这峰那岭冻融

错遇守林人

却道吃饱撑着

知否，知否

应是水墨柔情

登百花山抒怀

手执一缕放浮云

直挂天际浪千重

未名花开都是笑

唤醒青山百万兵

徐国栋作品[*]

悼清明

清明四月中，晴雨多伴风。　　春光无限美，冷暖最适宜。
百草吐新芽，树开万朵花。　　荒丘坟墓前，家家祭祖先。
溪口柳枝下，蹒跚几只鸭。　　洒酒敬古人，未哭泪湿巾。
河涨汛水流，鱼儿逆波游。　　但求儿孙贤，不争富贵衔。
燕子筑巢飞，牛耕田地肥。　　生来无所有，去时有何留。

早　村

菜花小楼烟雾中，　　老树虬枝添新芽。
晨曦紫气霭重重。　　何必遍访神仙家，
鸟呼春光唤朝霞，　　原来仙境在乡下。

题东岗岭

东岭峰独秀，青翠漫山谷。琼阁玉楼仁，听风啸山林，如海涛鸣。
看山下，城街车人如蚁；望琶湖，水平似镜，映白杨垂柳。

---

* 作者简介：徐国栋，1975 年出生于一个普通农民家庭，1983 年入学，1995 年毕业于江西九江军友职业技术学校，现在福建泉州经营石材和运输。生活积极，热爱文学，爱好诗词歌赋。

风起微波粼粼，枝条拂水，燕飞飞。

眺远方，纵横千里，平原绿野，蓝天下，无数村庄农家，红砖青瓦，烟袅袅。

倚亭栏，瞧山色，峰峦叠，怪石伏，曲径幽，白云飘，涧溪流，莺歌舞。遥想唐杜甫，宋朱熹，两代文豪来此地，挥笔抒豪情，拟壮志。

我今登山另有感，忆旧事，思亲人，念故友，离身远，无人陪同游，空寂寂，长叹息！

观大地，锦绣壮丽，自古育多少英雄豪杰；开天地，创伟业，建功勋，昭示后人永前行。

男儿有志奋当先，撑腰仰首问苍天，东山荡回音，父母养儿，子无用，不才愧于天。吾算何许人也？惭乎！悲哉！

鄱湖之水

鄱阳湖的水啊！
你是多么美，
阳光亲吻你的脸，
白云是你身上的衣。
鄱阳湖的水啊！
你是多么柔，
风吹起你心中的涟漪，
船桨溅起你眼中的泪。
鄱阳湖的水啊！
你是多么亲切，
鱼群围绕你膝下，
白鹭轻抚你的身体。
鄱阳湖的水啊！
你是多么祥和，

月儿依偎在你胸前，
小船在你怀里入睡。
鄱阳湖的水啊！
你是多么迷人，
文人墨客为你吟诗题词，赞歌谱曲。
王勃写下了《滕王阁序》，
韦庄作下了《泛鄱阳湖》。
鄱阳湖的水啊！
你是多么伟大，泱泱千里，
滋润着每寸土地，养育着赣鄱儿女。
鄱阳湖的水啊！
我们深深地爱着你，爱上你的深情厚意。

刘小东作品 *

搀 扶

妻子病了
想下楼
但需要搀扶

每下一个台阶
大约一分钟
孱弱的手指
紧紧拽着我的衣袖

一分钟
又一分钟
缓慢
慎重
时间好像要凝固

我小心又小心
生怕有一点点的加速
她的痛

早已让我无法适从

扶着腰
擎着肘
一步一步
轻轻地抬起
稳稳地落下
没有半点闪忽

十六个台阶
超过了一刻钟
我
微汗涔涔
她
绽放出久违的笑容

搀扶
是多么美丽的运动

---

* 作者简介：刘小东，1995 年从师专中文系毕业，一直从事教育事业，业余爱好诗文写作。

致清洁工

除了宁静
就是寂静
四周很少见到别人的身影
伴随着自己的脚步
急切
匆匆
一天的开始

就这样早早地进行
还好
天并不冷
飘着柔和的风
追随你的
是欣慰的笑容

深秋感怀

时光摇曳久苍茫，
不见深秋菊花香。
风轻霜重雁天外，
萧萧落叶挂满肠。

昨夜慢饮半杯酒，
今朝强喝一碗浆。
瑟瑟生活今又是，
难忘曾经少时狂。

霍启震作品[*]

玫瑰红

时常都在尽情地摇曳　　　　在这个花开的时节
所有采食的蜂　　　　　　　我心中已有深思
都任意在你花蕊中触动　　　在布满同类色彩的梦幻里
你露珠的美　　　　　　　　虽都是红
已渗入那片相思的叶子上　　属你娇艳

狐狸和山羊

聪明伶俐　　　　　　　　　　　挡住拥有的去路
和山羊在一起　　　　　　　　　恐吓，并未摧毁山羊的毅力
同在一条起跑线上　　　　　　　只是对方因怯而走失
刚迈一步　　　　　　　　　　　万分焦虑
把所有真诚都给予了山羊　　　　山羊在四处寻觅
顽皮、忠实融为一体　　　　　　路上，山羊因疲劳过度
第二步开始，仍同以往　　　　　一阵昏眩晕倒在地
第三步就绪　　　　　　　　　　此时的狐狸就躲在邻近的草丛里
因，狂风喧嚣　　　　　　　　　趁机逃逸之时

---

* 作者简介：霍启震，1967 年出生，山东省夏津县人，农民，初中学历。中国音乐著作权协会会员，2001 年开始诗歌、歌词、相声及小品创作，2006 年曾被山东电视台生活频道采集并播放，之后在《华夏文学》《词坛》《中国当代情歌选》《北方》《华人歌词》《长白山词林》《乌苏里江绿色风》《世界论文网》《大众原创歌曲》《棉花地》《夏津文艺》发表作品并获奖。

正巧山羊在睡梦中苦苦呼喊
伶俐，伶俐，你在哪儿

此时狐狸不但没有过去安慰
回头便一口把山羊活活咬死

定　义

一滴水根本救不了一个人的生命
一碗水可以给一次复活的机会
一河水可以浇灌绿色的原野
一分币可以让孩子不哭

十元钱可以享受一缕春风
为此，我担心过
担心那些千、百、万元
会变成死水烂泥

组建霍家坟有感

霍公彦名始祖先
寿终含笑入九泉
千古长青今犹在
子子孙孙代代传

风水宝地烟火旺
古往今来不惧寒
盛世年华豪气壮
清风和畅暖人间

霍家湾

先贤初为善，今日气升天。
翠绿枝临凤，花开泽更鲜。
厚高德望重，福满照人间。
吾辈多才俊，恩怀敬孝诠。

仙　境

远近方可有，距离倍儿出。
倘若不知信，视作尽其无。

陈长青作品*

晓莉归家

三月阳春晓莉归，故园无处不芳菲。
重逢万语难从拣，乡曲高歌绕户飞。

祝同学梁中医生日快乐

生在名门翰墨香，日研本草写奇章。
快除病疾精仁术，乐为黎民送健康。

七律·咏赞张强　祝生日快乐

气宇轩昂貌堂堂，不屑浮尘现主张。
关锁暗风遮耳目，开宗明义见文章。
吟诗托志云和日，仗剑寄情柔与刚。
竹节松贞高格远，良辰生日贺张强。

* 作者简介：陈长青，1959 年出生，安徽省铜陵市人，喜爱文学，曾发表过《论宋大成的人物形象塑造》。2019 年退休后学写格律诗。

方晓军作品 *

开大货车跑山西

故里设备拉晋南，
是从潼关过黄河。
傍晚装满发起车，
次日天亮赶到站。

难忘开大车跑河南

故里家畜拉豫东，
忽逢苍天降大雪，
双向拥堵超千里。
挪车慢行走半月。

开大车穿越明月峡

川南土产拉西北，
凌晨两点穿峡过。
路边悬崖万丈深，
江水咆哮惊人魂。

---

* 作者简介：方晓军，男，1972 年出生，初中学历，大车司机。爱写诗，七言、五言作品约 400 首，代表作有《赞内蒙古》《奋斗者的体会》《牵挂的两口子》《父亲的情怀》。

施韵东作品*

琉 璃

皎然珍珠月，流华落枝头。晶莹琉璃盏，溢彩画屏幽。
月光隔纱透，空濛入小楼。美人拂玉盏，思忖少年游。
彼为天上客，我作人间留。长是苦相思，辗转念情柔。
冉冉日初上，星汉夜西流。清风与明月，此夜予我愁。

相思篇

珠玉镶名篇，采之为谁言？
心向广陵郡，斯人语嫣然。
去年花下立，今朝水云边。
飘飘出尘绝，渺渺广寒仙。
仙凡岂一论？辗转复难言。
比赋难子建，工谱乱延年。
清辉月下游，我意随之迁。
痴心而不得，此夜西风寒。

玉楼春·梦

伤心已恨花期慢，
意阑长将繁花厌。
红楼影上月重来，
相思彀中年暗换。
恍惊余梦天将晚，
自锁灵台方寸乱。
残睡将觉又未觉，
惊鸿只在梦中见。

---

* 作者简介：施韵东，笔名"大侠阿荡"，词作、文学爱好者。

王茂升作品 *

歌颂共产党

铭记当年大雾绵，　　　不忘初心惩腐败，
黑云盖地党旗悬。　　　甘当使命著新篇。
茫茫夜幕指航向，　　　开通华夏百年路，
漫漫征途跨险关。　　　战鼓铿锵勇向前！

卜算子·咏杏

仰望数枝红，　　　　　转眼换衣裙，
个个多娇艳。　　　　　不见春风面，
阵阵寒流袭过来，　　　忽有一天杏果香，
只有蜂相伴。　　　　　万众都尝遍。

---

* 作者简介：王茂升，自幼喜欢文学和书画艺术，曾写过小说、诗词、民间故事、对联等，
并多次发表。

杨振江作品 *

春柳情丝

江南春柳丝最长，
飘过黄河到新疆。
一路吃尽风寒凉，
只为亲国送绿装。

送金秋

春忙只顾无闲耕，
未想换来九月丰。
金秋美景留不住，
愿把此时送亲朋。

思　亲

天涯不遥远，
心近若比邻。
恨看明月迟，
早照夜思人。

思　路

花花世界请莫贪，
从古到今做人难。
是非纠葛谁了断，
舍得万物易前行。

鹏　程

大鹏展翅为志行，
直向遥空何处停。
几经万里嫌途近，
多积博识目更明。

---

* 作者简介：杨振江，男，汉族，北京人，1965 年出生，食品公司总经理。

杨忠义作品*

霜　降

寒风卷残叶
眸览遍地黄
枫染漫山红
笑纳百谷香

咏四季

春风送暖百花开
夏炎酷暑愿雨来
秋果逢时酿甜蜜
冬飘白雪大地皑

神舟十三游太空

烈焰狂喷送舟行，
虎胆三杰称英雄。
腾云驾雾搏浩宇，
九天揽月傲苍穹。

观音待客施仙水，
天宫迎宾驾彩虹。
中华智慧展神技，
五星红旗飘太空。

酒色财气

酒香适当体自安
色行有度人康健
财物虽好莫贪大
气急伤身后悔难

---

* 作者简介：杨忠义，男，62 岁，现居吉林省长春市南关区，高中学历，喜欢诗词。

宇霞作品*

水调歌头·腾龙

华夏古风韵，炎黄子孙魂。
看骚人几拂袖，一笔绘龙腾。
在翰墨深邃处，遒劲深藏不露，神韵震心灵。
墨海卷波浪，毫端诉龙吟。

五千年，九州血，一脉承。
龙腾瑞气福至，雄风展霄云。
闪闪粼光穿透，泱泱中华魂梦，照耀龙族人。
吸天地灵气，纳日月星辰。

鹧鸪天·江山多娇

鹏怒冲天胆气豪，
仙风扶我入云霄。
流连尘世频频顾，
碧水青山处处娇。

黄土地，绿松涛，
苍山如海浪潮高。
狂风卷过千重浪，
万朵浮花岭上飘。

---

* 作者简介：宇霞，1973年出生于贵州省纳雍县，"穿"青族，字"火凤凰"，号"凤凰"。平时擅长写诗作词，曾在中国青年诗歌网和百家号平台上发表过作品，目前是中国电信易信平台的"高级创作达人"。

陈学武作品 *

临江仙·初冬随感

岁月如驹已岁杪，一段苍老刻年华。如今，万物睡去，满目萧然……遂成
《临江仙·初冬随感》：

朔吹怎不惊风物，临河不见春红。蔓枝频瘦自成空。落花无迹梦中逢。

纵使今朝多怅惘，任由浓味贪蛊。绯成绝色御寒冬。窅然荒漠几飞鸿。

辛丑十月立冬日浮想

封姨飒飒别暮秋，玉粟沉沉罩独楼。

无边西风久驻级，漂泊异乡似浮游。

几多短梦入缱绻，惺忪方知不可求。

丹枫古柳阑珊夜，孤楼多谢伴清幽。

林霭褪尽风光乱，放眼凭眺焕赫收。

世事嵯峨年复年，躺平内卷奈何休？

风物还须放眼量，撸袖志得总能酬。

劝君围炉将进酒，烟云往昔莫沉浮！

注：辛丑十月初三，即公历 2021 年 11 月 7 日，欣得湖北省诗词学会会员、
宜昌市作家协会会员，笔名"月影云梦"的诗友之佳作《立冬咏怀》，顿生和
诗之念。便欣然告之，诗友欣然曰：请"诗才"命笔和之，惭愧啊，我怎能匹
之乎？聊试手笔吧！故而伏案匆笔成七古《辛丑十月立冬日浮想》。

---

* 作者简介：陈学武，字"博裕"，号"尚德先生"，教师。2016 年起，以"高原鹰"之名
在诗词吾爱网发表诗、词、曲作品 100 多首。

黄卿作品 *

把握自信最重要

（一）

一生辗转千万里，莫问成败几重回。

得之坦然知感恩，失去淡然长记性。

大起大落曾都有，细思细量踏征程。

人生道路多曲折，勇敢拼搏立自信。

（二）

面向朝阳迎未来，扬帆启航再出海。

把握机遇加智慧，自强不息最重要。

创业路上谈何易，苍天不负烈火烤。

待到山花红灿烂，榜上有名丛中笑。

---

* 作者简介：黄卿，笔名"黄莺"。汉族，江西九江都昌人，1951 年出生，中国共产党党员，退伍军人，现已退休。中华当代文学会会员，中国散文家协会会员，曾参与大型工具丛书《城市信息手册》采编工作，作品散见报纸、杂志、书籍、网络。

重阳情怀

九九重阳艳阳天，家藏老酒聚老欢。
吟诗饮酒多豪迈，七旬顽童乐无边。

悼念袁隆平

禾下乘凉梦，仓满无饥恐。
粒粒皆辛苦，后辈岂忘公。

朱文杰作品*

满江红·党百年诞辰

望志遭惊，转移到，南湖红艇。
制定那，目标任务，千秋彪炳。
万里长征盘古愕，三回战役乾坤定。
创共和，废不等条约，民同庆。

兴华夏，扛大鼎。
战世霸，坚而挺。
驾神舟日上，举纲持领。
四化富民豪伟业，星宫北斗嫦娥颖。
看今朝，智动控涡轮，丹霞映。

七律·赴秦中

定王源自未央宫，谨政长沙不老松。
运土筑台登北望，古今同路赴秦中。
智能时代日千里，电气教学揭变功。
校企合作皆受益，新型技术向昌隆。

---

* 作者简介：朱文杰，汉族，湖南省长沙市人，1985 年毕业于华中理工大学电力工程系。1986 年在长沙理工大学发轫了全湘重要电力生产力的、电力系统自动化重要内涵的《水电站自动化》高等教学；始终坚持理论联系实际的高等教研，在国家一流出版社出版著作 11 部，率先设计了我国水轮发电机组顺控流程智能化。

七律·追梦华夏

华光普照有今朝，
夏政重开勖自豪。
追本溯源持特色，
梦乡犹忆九箫韶。

追寻大治龙腾起，
梦寐唐风赛舜尧。
华胄尊严仪世界，
夏庭昭泰领诗骚。

沁园春·贺华中科大五十华诞

华夏江城，九省通衢，绿满际涯。
喜华科大，五十华诞，普天桃李，心聚一家。
半纪辉煌，峥嵘岁月，大展宏图为国家。
中共立，会五湖四海，硕果堪夸。

神州处处繁华，独此地，还添锦上花。
数查谦周济，树槐叔子，玉泉明武，苦苦持家。
一代宗师，伯乐九思，沥血呕心赛女娲。
从头越，望新元骄子，再献光华。

注："华工"指华中科技大学。由原华中理工大学、同济医科大学、武汉城市建设学院于 2000 年 5 月 26 日合并成立。

张紫轩作品*

桂殿秋·月夜听风

秋月白，桂叶憔。
蛩鸣数声搅寂寥。
孤灯枕簟思秋忆，
紫盏莨荼待露苞。

暮烟泛舟

烟鸿随日落，紫燕伴云飞。
放棹苍浪里，渔翁载月归。

平水韵·盛世芳华

苍穹之境异平常，原是麒麟跃空扬。
锦绣山河光彩满，今朝华夏赛元唐。

---

* 作者简介：张紫轩，现居河南省柘城县，任柘城融媒体中心任指挥调度中心主任，擅长新闻报道及评论，爱好诗词、文学、摄影、旅游。从事新闻工作17年来，数百篇新闻报道和诗词作品被省市媒体采用，被柘城县授予"新长征突击手"称号，并获得"五四青年"奖章。

花家定作品 *

清平乐·世代骄傲

　　碎叶古城，青莲入剑门。诗词飘逸成绝唱，豪气满干坤。
笔落龙飞凤舞，才堪黄河昆仑。世间本无全真，天降大唐仙人。
　　诗品清妙，学识胜当朝。皓月美酒常相伴，遇贵不折腰，
明皇殷勤调羹，贵妃含羞问好。一生气势磅礴，世代中华骄傲。

注： 李白：（701—762），字太白，号青莲居士，出生于盛唐剑南道绵州（今四川省江油市青莲乡），唐代伟大的浪漫主义诗人，被后人誉为"诗仙"。

仙人：贺知章初见李白《蜀道难》，誉其"谪仙人"。

昭君怨·洛神

——观《洛神赋图》有感

　　秋临阳林山岗，洛川河畔荒凉。子建凝望处，云飞扬。紫雾瑞气簇涌，六龙云车翱翔。洛神冉冉至，愁满肠。
　　玉鸾文鱼相随，鲸鲵赤蛟两旁。无言相对视，心悲伤。雾车掣云飞越，情难舍回首望。山远人淡尽，泪盈眶。

---

* 作者简介：花家定，江苏省镇江市人，高级工程师，长期从事电器、电子新品的研制开发工作。在职期间，1980 年独立设计多种新型真空设备，成功研制我国第一台扩音对讲式电话调度总机。多次参加电子工业部攻关组工作，被聘为第一届全国电子产品品质评比评审员。1999 年退休后继续从事技术开发工作，先后成功申报四项发明专利、七项实用新型专利。

注：子建：曹植，字子建，是曹操所生第三子。其文采极好，是《七步诗》的作者。返家途中路过洛川，想念甄氏，一时文思突涌，写下《感甄赋》，后改名为《洛神赋》。

甄洛（182—221）：东汉末年绝代才女，貌若仙子，文静而贤淑，先嫁袁绍之子袁熙为妻，后为曹丕强夺为妃，失宠后赐死，含恨自尽；五年后被子魏明帝追封为文昭皇后；生前，深深同情屡遭暗算的曹植。

剑

本首诗依李白《静夜思》之韵脚而写

蜀中宝剑埋无光，出鞘锋寒凛如霜，
一拔光华掩日月，小试犀利在他乡。

相　送

本首诗依李白《黄鹤楼送孟浩然之广陵》之韵脚而写

美酒微醺下高楼，相揖单马入越州。
金陵话别日已尽，扬鞭回首泪满流。

背景：开元十四年，李白26岁离开六朝古都金陵（今南京），前往当时繁华都市越州（今绍兴）旅游，越州乃李白后期居住和诗文盛作之地。本诗采用当时历史情节而写。

闵宏亮作品 *

贺建党百年

建党百年实堪贺，
国家富强黎民乐。
天翻地覆东风劲，
环宇万邦唱赞歌。

贺脱贫胜利

共产党人意志坚，
千载夙愿今梦圆。
复兴大道阔步走，
炎黄子孙永向前。

中秋随想

自古中秋赏月圆，
企盼家圆福寿全。
圆缺本来各参半，
厚此薄彼怎成仙。

感恩母亲

日月如梭冬渐深，
叹己真非行孝人。
常年在外勤政事，
半百方悟叩母恩。

* 作者简介：闵宏亮，男，汉族，1968 年出生，陕西省渭南市临渭区人，中国共产党党员，大专学历。现任华阴市教科局三级主任科员，热爱运动，喜好文学，著有诗集《足迹》。

刘天文作品*

思 郎

点亮繁星照天海，
残月斜挂西窗外。
妹思小哥在途中，
踏碎月影归家来。

天下工农是画家

大地本是一幅画，
天下工农是画家。
汗水和泥当作墨，
绘满高楼与庄稼。

---

* 作者简介：刘天文，男，74 岁，退休职工。长期从事宣传工作，爱好写诗，现已作百余
首诗。

张玉骄作品 *

秋

徐缓的流水淌在
泛黄的苇旁
比映着已蛰伏的幽凉

柔辉如轻纱朝覆
斑驳的篱墙
宛若老者在吟诵风雅

叠压的枫叶寝于
青石的古道
挑惹了旧庙宇的晨钟

不懈殷勤的缘风
过境的方向
应遗下一段爱情传唱

美

余晖恋人，你的青丝
你的笑靥，你的种种切切
夕阳动情顿住了脚步
泄露出亘古的寂寞

你的清芬屏住了花香
小草在凝望

醉意的飘叶欲敛全景
摇曳在你身旁
六方的尘埃缠绕，你在孤寂
我在醉景，多想氧气承载
顺进你的心房

要是风起，要是遂意
要是一吻轻轻落在你的睫上

---

* 作者简介：张玉骄，爱好古典文学，曾任大学杂志社主编。

蝶恋花·江南春日赏景

微微轻风拂人面，桃花初露，春意正当时。
杨柳碧波荡斜阳，车水马龙人如织。
此处应有佳人在，含羞娥眉，笑靥媚如诗。
归雁不过江南岸，怎寄余心一番痴。

金缕曲·中秋

故土两千里，抬望眼，浮云遮目，无语泪噙。黄浦江畔英雄梦，如今几许功名？热血滚，一脸平静。犹忆当年出乡关，男儿志，直上九霄顶。对长空，愁入境。孤苦怎堪又中秋，人家院，欢语盈笑，我若浮萍。关山难越亲难见，离人无限忧情。低垂泪，哽咽无音。皱眉冰凉神已驰，旧时事，忆中几倩影。儿时景，却欢心。

唐剑作品*

等　你

在不经意的日子里
你曾对我说
你要离开
却牢记我的电话号码
接听却是天旋地转
惊慌失措的无主
想千万种办法

留不住天边的流星
摘下星星收下月光
温柔照亮回家的路
几多的期盼
化成无数次想见你的理由
期盼的心，有无数朵血花
在纷纷扬扬

夜

思念是一张网
把儿罩在网中间
天苍穹，地苍茫
风无语，泪无声
孤独呐喊声声奈何
泪从心流归于大海
声声爱天地
难一别两宽

风动天，天撼地
相思一泻千里
遥遥万路
休问归期
归期是明天还是明天
明天是哪天还是明天
天天过天天有明天
花谢花开，花开花谢

---

* 作者简介：唐剑，男。从小就开始写作，妈妈说一句，儿就写一句。不会写，妈妈就手把手教。那时候，家在农村，亲人与亲人之间，书信来往，常帮村子里的人写信。写作，成了一种习惯。每道日落，必迎每束日升。爱就在字里行间呈现，叙说着我的喜怒哀伤，走过心海，拥抱那份温暖。

想　念

风在云朵中翻飞　　　　　　　夏日灼灼的热浪，席卷而来
云在心间万马奔腾　　　　　　如咆哮山洪
想你、念你、等你　　　　　　遍身伤依旧
想你：只能去梦里　　　　　　凄惨收起如瀑的雨
念你：顷刻泪雨滂沱　　　　　要知道，不再想你，不再等你
等你：山谷鸟声，如战鼓声声　泪与山洪一起奔向远方
看……　　　　　　　　　　　似渺渺又真实
朦胧的幽径上常闪现　　　　　潺潺溪水中
飘缈的虚幻　　　　　　　　　映出了笑靥，勇敢又坚强
花开花落是季节的循环

何周军作品 *

咏　雪

素尘思凡下人间，
琼花飞舞晶莹漫。
玉龙战酣三界动，
寒酥伴肉五脏暖。
青山不老梨花头，
绿水难停寒冰床。
稚童窗外嬉为戏，
老翁煮酒醉远方。

感吾生五十余一

人间已过冬至节，
生辰将近友朋夸。
扶杖轻行气早喘，
镜中鬓须染梨花。
夜闻素月悲离骚，
晓看红梅喜风雅。
浮生短长何足道，
太行王屋愚人挖。

秋夜思

残月迷离秋叶黄，
归期有时意彷徨。
人生代代无穷矣，
鹤鸣松柏赴远方。
道藏心中夕可走，
情存天地何惧亡。
可怜世间名利客，
一抔黄土思故乡。

中秋夜游桂博园

月栖桂枝香飘园，
万家灯火庆团圆。
明月缕缕寄思念，
人在天涯月共天。

---

* 作者简介：何周军，笔名"舟君"。1993 年毕业于绵阳师院政史教育专业。酷爱文学，长期从事中学政治、历史教育教学工作。

陈继华作品 *

说 书

战马在兵书里厮杀
明月是否可将思念牵挂
江南巷陌人家
秋雨不停地下
戏台下
一杯清茶
道汉唐神话

野 游

路遇野花丛，
俯身端其容。
只观花色美，
不折妖娆红。

* 作者简介：陈继华，汉族，江西省抚州市乐安县人，现为江西省作家协会会员，已出版个人诗集《浮香旧梦》。

江振卫作品 *

入　冬

雨化作雪，是第一行的爱情　　　　种一棵艾草在那里
在夜里，灵魂在渐渐沥沥漂白　　　也许回不到春天
入冬　　　　　　　　　　　　　　入冬，有一件事渐渐冻结
阳光的坡土上　　　　　　　　　　那是秋天的秕谷，脱壳的麦叶

故　乡

就像一颗洋葱　　　　　　　　　　就这样收留了土地，亲情
就像一棵稻草　　　　　　　　　　那来不及遮掩的土豆
就像一个待嫁的女人　　　　　　　闲言与碎语

秋　天

那杯酒与暮色一起消融
秋天到了，收割的人与麦子一样高
燃烧的惊喜，在赤铁中打磨

* 作者简介：江振卫，男，48岁，河北省张家口市人，职业医生，商人。喜欢诗歌，并发表多篇文章，有诗集待出版。白日不到处，夜落数尘埃。一梦醉了了，江塔梭米苔。

林子江作品 *

去国吟·夜思

一别经年梦里思，
遥望星空自言痴。
多情更有天边月，
长夜相随觅小诗。

去国吟·望乡

——调寄浪淘沙令

日落行沙滩，
步履蹒跚。
流云脚下望乡关，
啁鸟还巢声断岸，
飞越湖湾。
寂寞独凭栏，
梦里河山。
别时容易见时难，
溯洄从之鲑路远，
笑看人间。

---

* 作者简介：林子江，曾获第三届、第四届"琅琊杯"全国诗书画家精英赛一、二等奖。

刘河祥作品*

好好学习　天天向上

做个好儿女，志于好读书。
平生学不厌，终日习谦虚。
但愿天长久，智为天下居。
力求向前进，奋发上攀儒。

今日头条　东方明珠

今闻百样新，日报万般神。
头号行时令，条文众友臣。
东风传喜讯，方向适宜人。
明月中秋与，珠光翡翠亲。

对　联

画上荷花何尚画
书房军令君皇书

宁静致远

宁神融万物，静志入苍穹。
致使情思远，远遥合一通。

我的头条年终报告

探寻哲理，寻觅光源。
莎士比亚，入我乡村。

---

* 作者简介：刘河祥，1994 年参加北京创作研讨会，1996 年参加由北京艺强文化艺术交流中心举办的中华魂文学书法艺术创作交流大会。2019 年获得"华夏杯"全国美术书画作品评选大赛二等奖；2020 年获得"墨韵中华"全国书画作品展览金奖。2020 年成为中国书法协会会员；2021 年成为中国新诗协会会员。

刘志国作品 *

离　别

　　天空灰蒙蒙的/毛毛细雨/从天而降/湿润清冷的冽风/吹拂着树叶哗哗作响/行人迎着冽风细雨/匆匆而行。

　　那发黄的枝叶在风的吹拂下/依依不舍地和枝头道别/那深情的眼神装满了不舍/这一别/也许再也回不来了/她不知道路在何方/何方才是归宿⋯⋯

　　在风的催促下/叶子无奈地走了/她含泪深情地回望/也许/冥冥之中将是/永久的离别。

　　枝头在拼命全身摇晃/他在为叶子的离去而不舍/而着急/而无奈/而伤心/但终究他们还是分开了/或许离别/何尝不是一种新的开始呢！

沙滩追逐

　　湿润的海风吹散了你/乌黑的长发/洁白的纱裙犹如那天上的白云/松软的沙滩上留下了你/清晰的脚印/空气中回荡着你/银铃般的笑声。

　　你欢快地/在沙滩上漫步/欣赏着大海的/波澜壮阔/汹涌调皮的海浪偷偷地/亲吻着你洁白的脚丫/你欢笑着向我挥手/看着你阳光灿烂的笑脸/我的心瞬间融化了/恍惚中/我仿佛又回到了孩童时代/欢快地向你追逐。

---

　　* 作者简介：刘志国，男，汉族，河南省平顶山市人，中核五公司员工。作为一名文学业余爱好者，工作之余喜欢看书写作，喜欢用手中的笔书写人生百态，分享生活之乐。作为核电建设者，今生感到自豪的是有幸参与了福清"华龙一号"全球首堆建设任务，并圆满完成并网发电任务；有幸参与阳江核电与霞浦快堆的核电建设。

倪明作品*

农家乐

山脚红柿映农家，菜畦碧翠鸟喧哗。
阿爸锄地鸡啼唱，阿妈簸谷笑开花。
远离尘嚣心宁静，炊烟袅袅伴年华。

深秋小村

山脚小村沐艳阳，溪水潺潺现瓦房。
鸡犬相闻雀鸟唱，火红枫林映秋光。

云空禅院

群山披翠戳云天，亭台楼阁耸崖边。
山巅禅院晨钟响，鸣鸟惊飞谷空翩。

---

* 作者简介：倪明，男，54岁，广西壮族自治区桂林市全州县人。曾任助理工程师和教师，现为自由职业者。热爱文艺，曾有诗歌散文发表。愿结交志同道合的朋友，互相提高，互相进步！

付延龙作品[*]

也 许

也许有缘，
也许天意，
谁让我冥冥中遇见你，
为你美丽秀发而倾倒，
为你进取精神而赞美。

也许有情，
也许无意，
谁让我偷偷地爱上你。

为你首掀心里波澜，
为你开启紧闭心扉。

也许绳索，
也许魔力，
谁让我无法控制自己。
为我语言倾注柔情，
为我诗行增添妩媚。

1997 年 11 月于南阳，
2022 年 2 月修正于信阳

难 忘

难忘你那动人心弦的一瞥，
难忘你那艳若桃李的笑意。
难忘你那飘飞的秀发，

难忘你那温馨的话语。
如果让我忘记
除非江河倒流，

---

* 作者简介：付延龙，1975 年出生，河南省信阳市人。1998 年毕业于南阳师院历史系，2005 年毕业于河南大学汉语言文学专业，中学教师。业余爱好文学创作（尤其诗词），作品《心愿》获北京 2004 年"中华得雨杯"短诗短文征文比赛优秀奖，作品《沁园春·祖国》获 2021 年"雅韵杯"全国诗词大赛优秀奖。

除非太阳西升东坠；
除非天作了地，
除非男女阴阳错位。
这里，
星星可以作证；

这里，
人格可以为据。
你是我心中的月亮，
你是我永远的唯一。

1998 年 7 月 5 日于南阳，
2022 年 2 月修正于信阳

林雪佩作品 *

陈卷旧颜

萤火飞，五更暗，小阁静幽沉炉烟；
隆冬寒，莫羽裳，温杯小盏絮流觞；
亭灯晚，袖衣单，天涯古月拓清欢。
旧楼台，鬓丝乱，兰亭日暮自惆怅；
砚墨深，红笺淡，冷露蜃霰伏绝尘。
残稿短，语纵长，瘦笔携竿纸篓染；
酒柔肠，慰心凉，陈卷苍茂倚绵延。

佛灯莲心

荷海莲心，生死两茫茫，借一杯西风烈，灼喉耿，佛灯问莲心，青灯叹世无常。

世人问往事几分？

天涯宽，巫山瘦，吾看不透风景，渡不尽红尘。

世人问梦几真？

吾知十里花开无常，瘦比烟花冷，明月画惆怅，圆缺亦无常。

---

* 作者简介：林雪佩，字子惠，笔名"九牧林初雪"，心理健康导师（高级）。2021年被永久编入中国文化艺术人才库、中国好文章文化摆渡人、2021年度优秀诗词家名单；2022年被永久编入中国管理科学研究院专业人才库名单。秉承学以致用回馈社会的信条，从事助学公益、助残扶弱公益多年，帮扶社会困难群体、困难家庭走出困境。现任广东省江门市残联、蓬江区残疾人康复中心终身荣誉心理健康导师，江门市德育社会工作综合服务中心终身荣誉心理健康导师。

写今生，问来世，晓风残月冷，梭风人瘦黄，花开花无常。

问今生，算来世，不料世人续写一生沸腾，笔下人真切，桀骜写余生。

梦江南，柔情抒不尽，回首却断肠，三分烈七分冷，前世今生入风帘，咫尺借残风，写断纸墨张，墨浅笔生风，风过花落瓣，自凋空剩蕊，折煞了世人。

欧阳鹏飞作品[*]

紫菊花

斜白的日光　　　　　　　　枝叶中流出潺潺幽渺的泉音
旋转着紫色的诱惑　　　　　仿佛看到大自然的真实魂灵
薄如蝉翼的透明　　　　　　心灵之水在相互流淌
凝聚成美丽少妇的风韵　　　我沉浸在这奇妙的幻景
强辐射下的睡意渐渐苏醒　　久久，久久
眸子还盯着做梦的云　　　　不愿醒

微　风

你自由地穿越于湖光山色　　在浏览中，我用肌肤
轻盈地飘来，在微颤的树梢　读懂你
我触到了你
　　　　　　　　　　　　　　为了探寻理想
你用透明的思维解释一切　　你放弃了所有
你无处不在的知识　　　　　包括脚下的土地

---

* 作者简介：欧阳鹏飞，男，1960 年 1 月出生，本科学历。曾当过知青、工人、国家机关干部、学院教师、企业高管。研究过哲学、经济学、音乐、书法等。自幼喜爱诗歌、散文，并创作诗歌、散文作品若干。诗之工夫在诗外心地坦荡是潇洒。

雾

何处飘来
淡蓝的梦幻?
氤氲着忧郁和惊讶
神经末梢抖颤着
朦胧的白色绒毛
虚迷浸润般膨胀

像无边的欲望
幽玄中隐隐透出一丝因果之光
一些视线
在不透明中
寻找着方向

月夜溪边听曲

夜曲玎琮绕耳鸣,高山流水脉音清。
流莹水畔心思潜,散步云中月亮行。

雪

晴雪湿绿草,闲云绕峰间。
孤松飞峭壁,惊鸟射青天。

史文利作品*

护理颂

一勺汤，一口水，好似亲人似泉水。
山之绿，草又青，春夏秋冬舞歌声。
心相连，战疫情，心心相印华夏颂。

赞交通安全员

小小安全员，
护卫车辆转，
纠正违章讲安全，
例会场合做宣传。

小小安全员，
不论风雨寒，

教育行人遵法规，
站岗执勤保安全。

小小安全员，
天天路上见，
山川弯路保运转，
留下汗水迎明天。

---

* 作者简介：史文利，男，1960 年出生，北京市房山区史家营乡杨林水村人。中央党校学员，大专学历，退伍军人，在北京文化局获"先进工作者"称号。发表过数篇诗歌、杂文，热爱文学，喜欢诗歌。

宋时刚作品 *

假如爱有天意

我们俩
相遇在田野之间
相知相恋在河边

本以为是好姻缘
可以不羡鸳鸯不羡仙
结果却走散

你送我的项链
一直带在我身边
陪我幸福度过每一天

想着再团圆
相逢演着一遍又一遍
终于见到你的面

可是我却看不见
不愿成为你的负担
终于还是狠下心把你骗

假如爱有天意
我一定冲破万难抓紧你
相恋相爱长相依

说　愁

三两杯酒
怎解那满腹的愁
不如睡一周
忘记这人间世俗

梦一回大唐几百州
请李白喝喝酒

住一住杜甫茅草屋
对一对贵妃眸
感受山雨欲来风满楼

待到醒来时
别是一番滋味在心头

---

* 作者简介：宋时刚，男，32 岁，河南人，大专学历，一名对文字敏感、热爱文学的 90 后。听别人的故事，看别人的故事，不如去创造自己的故事。我以文字缔造我的精神王国。

汤志军作品 *

见梅傲雪

见梅傲霜雪，冷暖系吾心。
轻风善解意，御瓣赠知音。
片片衣衫落，楚楚动怜情。
不求长厮守，但愿随风吻。

梅亭花客

独见梅花临雪开，满亭香风迎客来。
扬花飞雪双作舞，笑看痴君醉亭台。

红楼遗梦

清高不是奴家命，贫贱难与富贵争。
几度烟雨花憔悴，红楼梦醒人断魂。

---

* 作者简介：汤志军，1968 年 2 月 2 日生于四川省井研县金峰乡黄马村，初中文化，诗词爱好者，自由职业者。已写作古体诗十多首。

王圣威作品 *

雪

白雪霏霏，
我心依旧。
冰天雪地，
白茫茫，雾弥漫。
天地初开，
万物肃静。
一缕寒江水，
一孤舟，一壶酒，

四处漂泊，异地他乡。
我四海为家，浪迹天涯。
笑看红尘过往云烟，
叹离愁别恨，
人间、人世，
都是一幅山河画卷。
美得窒息，
令人心醉。

云

晴空万里长城，
坐看云卷云舒。
观阅古诗典籍，
体悟圣贤智慧，
《论语》《诗经》《周易》《春秋》
妙哉美哉！
所谓云山、云海，
都是一幅山水画卷，
是是非非，

真真假假，
都是人生感悟。
何为云？
飘飘忽忽，
若隐若现，
可有可无，
蒸汽成云。

---

* 作者简介：王圣威，男，29岁，海南省临高县人，本科学历。一个普普通通的文学爱好者，好好生活，好好活着，做好自己喜欢的事。

杨天广作品*

七律·乡村新貌

干部来村以助贫，乡民倍感尧舜仁。
花红有意幽居美，路阔铺油旧巷新。
靓女抚筝歌盛世，书生舞墨绘经纶。
阁楼宝马金樽酒，同享康庄四季春。

七律·故乡新貌

木青花紫碧苍穹，四面环河美景融。
亭雅鎏金描盛世，楼幽翘翅入云宫。
出门自驾扬眉去，进院声柔迈步雄。
闲把灰尘常劲扫，只留清气满庭笼。

五律·美丽乡村

春来水满溪，花重压枝低。

绿涧凫晨鸭，蓬桥斗雉鸡。
青山寒室掩，碧树紫莺啼。
五柳桃源见，乡村盛世栖。

七律·吟冬奥

玉树琼花不夜天，再书华夏复兴篇。
冰中猛虎京畿勇，雪里精英冀地坚。
凤舞燕山惊四海，龙翔崇礼振三川。
争金逐梦雄心赤，冬奥荣光载史笺。

七律·贺北京冬奥

遥贺京张奥梦圆，壬寅虎跃啸山川。
纯情琼屑飞花舞，不老初心夺冠连。
多历风霜增斗志，久经冰雪壮英贤。
复兴华夏人民喜，捷报频频再勒燕。

注：《七律·贺北京冬奥》中"勒燕"用"燕然勒功"之典。

---

* 作者简介：杨天广，笔名"木易"。男，1971年出生，河南省南阳市社旗县人。毕业于河南省财经学院，现任社旗县文联诗词家理事、宛东诗词学社编辑，诗词、散文、小说爱好者。作品散见于《中国诗歌报》《中诗协河南创作部》《太行诗社》《宛东潮》《宛东诗词学社》《古城诗韵》等。

张瑞作品*

童话世界

每个人都有一个童话世界，
或许是拥有爱情，
或许是没有死亡，
又或许是金钱。
童话世界中非常容易得到的东西
或许会成为一个人永远的梦想。
爱情可以是一个浪漫的故事，
也可能是个笑话；

死亡可以是一个世纪的景色，
也可能是一张医院里的病床；
金钱可以是一顿美味的佳肴，
也可能是一个苟延残喘的生命。
恰好，
童话世界没有这些可能。
正因如此，
那个世界才叫童话世界。

岁月河

岁月是一条河，
河里有无数的沙和石头，
河流被风吹着慢慢地流，
我们划着船慢慢地游。
河里的沙和石头随着我们游而积攒，
但总是被河水冲去了远方，
总有石头无法让河流冲走，
我们想让风慢一些，
回去再看看那些石头，
可是发现，

风越来越急促，
河流越来越湍急，
我们也永远回不去了。
经过无数的高山，
无数的惊涛骇浪，
我们再也划不动船了，
头发渐渐变成雪白色，
再也控制不了船的方向，
平静地躺在船上，
任凭风将我们带去何方。

---

* 作者简介：张瑞，男，14 岁，在校学生，文学爱好者。此次出版是我成长过程中的一个里程碑，当我多年后回忆往事时，这将会成为我记忆中的一颗明星。

张明哲作品*

参观八一纪念馆有感

醉月浸梦染银窗，轻掩乌云睡正香。
惊天一声霹雳响，火蛇烧林势难当。
险峰望断无归路，折戟沉沙效越王。
久别甘露因何恨，青山忠骨重回乡。

路上的风

某一天依然平静得诡秘。
他走在路上，放下了肩上的重担，沉默着。
太阳在云层里偷笑，躲藏着。
车流奔腾着，冷风呼啸着。
手机信号灯闪烁着，渐暗，熄灭。
现在看来仿佛一切都可以丢掉。
路口以南是生活的气息，
路口以北从来没有去过。
想了片刻，绿灯亮了。
重新拾起重担，慢悠悠地走过。
是什么在催促着？是工作。

---

* 作者简介：张明哲，笔名"驽马旦旦"。男，26岁。江西省上饶市人，本科学历，自由职业者。有志者，事竟成，破釜沉舟，百二秦关终属楚；苦心人天不负，卧薪尝胆，三千越甲可吞吴。爱好诗词小说，习惯读书明志，热爱文学写作，喜欢抒发民族气节大义的豪放派诗词。

俞胜进作品 *

大雁情歌一

我那南去的大雁呵！
你那北国的窝巢，
在这隆冬的季节，
早已堆满了积雪……
曾经！你在窝巢里繁殖，
孕育了希望！
你给人间——
带来了多少春天的气息！

那南去的大雁呵，
那北国的窝巢，
那是你用自己的唾液，

混合了泥土，
一点一滴堆起来的啊！
你一定很眷恋脚下的泥土，
你一定想在这里繁衍生息，
直到生命化作了尘土……

我那北国的隆冬啊！
你那漫天飞舞的大雪，
在这大雪纷飞的季节里，
大雪纷飞！
大雁南飞！

大雁情歌二

我从南国来，
我到北国去，
北国的贝加尔湖畔，

有我美好的回忆。
那里的天空风轻云淡，
那里的湖泊碧波荡漾，

---

* 作者简介：俞胜进，笔名"易不忘"，1963 年出生在江苏省南通县（现南通市通州区）。1980 年高中毕业后回乡务农，在这期间迷上诗歌创作，先后在县、省及国家出版社发表诗歌、散文、小说 100 多篇。

那里风和日丽，

那里鸟语花香，

我们出生在那绿草花海里，

鲜花绿叶里有我们的摇篮，

我们在天空里飞翔，

那是天底下最好的舞蹈；

我们在湖面上追逐、嬉戏，

一定能给大自然带来生机……

我从南国来，

我到北国去，

飞越群山，

飞越湖泊，

飞过田野和村庄，

不远千里和万里，

风餐露宿，

日夜兼程，

一路飞翔，

一路歌唱！

故乡的河

故乡有条古老的河，

春夏秋冬不断流，

两岸杨柳芦苇荡唷，

还有鸟窝筑枝头；

荡起小船顺流走唷，

跳到河里追着那鱼儿游；

沉到河底抓螃蟹唷，

游到岸边摸田螺；

还有那泥鳅泥里钻唷，

滑进裤中，扎紧裤口——

抓那活泥鳅！活泥鳅！

故乡的河啊！心中的河！

梦里沿着河岸寻源头！

走来走去回到村里头。

毛坯土墙茅草屋啊，

家家户户靠河堤；

青砖石块筑条路啊，

条条小路通河里；

淘米洗菜烧饭的水啊，

一天到晚好几回；

母亲回家看不到孩啊，

顺着河岸喊孩回……

母亲！母亲！你别怕！

孩儿从小在河里长大！

哪里的河口水流急，

哪里的河面浪头高，

哪里的河深过人头，

哪里的河道拐了弯，

哪里的河岸田螺肥，

哪里的河段鱼儿多……

我真想随那彩云离去

遥远的天空中飘来一团五彩的祥云，
缓缓地走过我们的头顶，
向那遥远的天边走去，
那里五彩斑斓，
辉煌一片：
那奔腾的是骏马，
行走的是骆驼，
跟在后面的是山羊和老牛，
还有那奔跑的兔子，
而那慢腾腾行走的，
迈着四条小腿儿的，
当然是乌龟啦！
没有了凶恶的老虎，
残忍的狮子，
狡猾的狐狸……

世界变得和谐而安详！

啊！那是人间的天堂！
没有欺骗，
没有杀戮，
没有尔虞我诈，
勾心斗角，
有的是人间温暖，
互相体谅……
我真想随那彩云离去，
那里有我温暖的童年，
还有那少年时代的梦想，
畅游浩瀚宇宙，
阅尽人间万象！

我真的老了

新年的钟声响了，
我又大了一岁了，
惴惴不安地来到嫁妆台前，
镜子里的我——
真的老了！老了！

原先的乌发花白了，
额头上也有皱纹了，
看不到自己走路的模样，
熟悉我的人——
都在背地里说我老了！老了！

衣柜里的衣服，
穿了又重换，
还是找不到年轻时的模样！
风霜雨雪几十年，

风雨年年催我眠，
新年庙里熟人多，
最烦别人背后言，
使我不得开心颜。

布谷鸟的叫声

沉甸甸的麦子黄了，
布谷鸟来了，
从黎明到黄昏，
她用她那悦耳的歌喉歌唱：
谷咕谷咕——谷咕谷咕！
听起来好像是：
割禾割禾——割禾割禾！

小麦收获的季节，
正是夏天的开始，
风雨常常不期而至，
成熟的麦子——
倒伏在雨水里发芽了！
布谷鸟更忙碌了，
她用她那嘶哑的歌喉吟唱：
割禾割禾——割禾割禾！
听起来好像在诉说——
她那不幸的身世。

布谷鸟的前身是位农妇，

由于误了农时，
成熟了的麦子，
倒伏在雨水里发芽了，
但她和她的子女们，
只能靠这些麦子生活，
三个儿女先后中毒夭折了，
农妇放不下她的儿女，
同时她也痛恨她自己……
上天可怜农妇的身世，
就让她来生变成了布谷鸟。
每逢麦子收获的季节，
布谷鸟便会准时来到田头，
用她那优美的歌喉，
提醒大家不要误了农时。
布谷鸟的身世——
早已成了遥远的传说。
而那布谷鸟的叫声，
却经历了一个世纪，
又一个世纪……

徐子群作品 *

猫

我站在西津渡的云台阁的台阶上向下望去
有一只老猫疲倦瘫软在房顶上
尽情地享受着这即将消逝的日光
洒在它暗黄的身上
这世界的一切都与它无关
它不理会周围热闹熙攘的人群
它不明白人们成天哭喊嚷闹的所谓爱的悲欢痛痒
它不理解那一双双幽怨凭吊的目光
它不知道男人们毕生所追求封狼居胥的快感
也不懂女人们的柔情只为寻求一个可靠的肩膀
更不知羁旅的游子在无人问津时也会想到家乡
但是他不能说，更不能示弱
只见它"喵"了一声，纵身一跃自顾自地跑去了
仿佛在说，我能懂什么呢，我只是一只猫啊
这个世界多我一个不多，少我一个不少
何必在乎那么多呢？

---

* 作者简介：徐子群，23岁，男，山东省聊城市人，大专肄业生，目前是一位打工人，文学爱好者。生活的目的是寻找微弱的光。

远　方

如果你没去过远方
你就不知道它的模样
只在你心中
模糊得好不具象
直到你去了远方
发现也不过如平常
心里便想要去更远的地方
人就是这样
总是不甘平庸，不愿平凡
却又一同平庸，平凡着

杨志正作品 *

思 乡

淼雨消夏讯，天意显秋痕。
一梦听乡音，一坐思豫林。

游堡小感

风雨飘曳游古堡，情景交融映江湖。
一代大贤筑伟路，千秋影业展宏图。

百年盛赞

风起云涌诵百年，百舸争流击万险。
铮铮铁骨守信念，改天换地圆党愿。
而今盛世几多羡，大国风范连获赞。
不忘初心奋向前，未来百年变更甜。

---

* 作者简介：杨志正，男，爱好写作的80后，从事幼教工作。

龙吉生作品 *

忆慈母

三更灯火五更天，
经夜穿针母未眠。
憨儿不解疑问故，
母道添衣应寒年。

望 乡

粤州异彩少风凉，
身心未老鬓先霜。
欲归儿孙总不放，
年少不解老愁乡。

游名山

一为逍且游名山，
情邀不动两泪含。
夜沉孤单抱枕过，
焦容晓镜满鬓斑。

山乡春词

微风细雨远近娇，
花儿欲放尽含苞。
蛙子存心昼夜吵，
燕子悠歌檐筑巢。

* 作者简介：龙吉生，笔名"乡愁"。男，1965 年生于湖南省安化县乐安镇浮青村，高中学历。1983 年 10 月入伍于湖南省武警二支队一中队。在培养军地两用人才期间，曾参加过湖南省《新创作》杂志社诗词培训班，现已在《人民武警报》《中国武警》《盾》《人间诗词》《世界当代文化名人辞典》《世界诗歌散文通鉴》《家国情怀·翰墨飘香》等杂志和书本上发表诗词多首。从事诗词创作 30 多年，有诗作 700 余首。

春　望

初春天气半阴晴，
百草尖尖尚未青。
两两禽啼影谢却，
林荫媚动戏私情。

秋　夕

一劲风行日照斜，
稚子歪头疑眺天。
黄叶和风萧萧舞，
自言何以多纸鸢。

静夜思

月上窗如银，灯悬一盏昏。
夜沉眠不去，心潮挂远人。

冬　临

重叠青山雾锁尖，
燕子悠歌乱屋檐。
只缘冬临寒意到，
磋商定日往南迁。

初　遇

媒问意如何，牵衣手自搓。
羞失人前语，舒眉使秋波。

李沛芹作品 *

国 庆

飞云之上，疾驰升降
万星缀置地，垂目浮收底
待到国庆日，万机齐放时
亿万歌颂灵者佑
炮火飞升杀伐绝
虹影英姿凛摄神
龙气东溢续长曲

除夕夜

最是一年春好处
支末轮回始子鼠
尽暖欲寒沐春雨
静亭淋笠闻风语
千落水波万漾湖
怅人仰首喊唏嘘
那人却逝淅沥处

---

* 作者简介：李沛芹，创作爱好者。博白县土地房屋征收事务中心相关微信视频号、公众号、抖音号、快手号新媒体运营员。

张文增作品[*]

父母恩

多少时光风雨中，多少泪水在心里，养儿养女，父母恩。父母恩情重如山，父母恩情似海深。养儿养女，难报，父母恩。

羊羔跪膝吮母乳，乌鸦反哺有深情。何况智慧的你我，怎么报答父母恩？

2015 年 6 月 25 日

赞故乡

天上挤满了云，太阳也看不到了。

草长莺飞啼，绿水照青山，燕子，燕子，飞呀飞。

牛儿哞哞，风机悠悠转，喜鹊枝头叫喳喳。

几处炊烟袅袅，欢声笑语随风来，稚童逗乐了老婆翁。

2020 年 7 月 7 日

---

* 作者简介：张文增，1983 年生于湖北省大悟县，2007 年毕业于南昌大学。读书期间，喜欢看书，文学、历史、哲学、自然科学、武术等都有所涉猎。平时，做一些笔记，写一点体会，谈一点感想，抒一点见解。

初夏之下

一场小雨后，走在小路上，青苔也越发绿了，朝你微笑。
凉风吹来，湖里起了涟漪，呱呱也叫了起来。
经常乱舞的灰尘，也偃旗息鼓了。
树林里飘来，阵阵的花香。

2017 年 5 月 10 日

轻　轻

轻轻地我走了，正如我轻轻地来，你挥一挥衣袖，我流两滴热泪。
轻轻地我走了，正如我轻轻地来，你带来了两棵树苗，我还你绿树成荫。
轻轻地我走了，正如我轻轻地来，你呼吸着山泉散发的香气，我咬了几口新鲜的香瓜。我看着水中的倒影，一个是你，一个是我，你笑靥如花，我眼眯一线，快乐着你的快乐，忧伤着你的忧伤。

2020 年 7 月 1 日

你和我

你采撷一朵小花，我接过插在你的发髻间。

荷叶恬恬，馨香扑鼻，你低头弄莲子，我看到你一地的温柔，抚摸你的秀发，偎依在我的肩头。

你看着我，我看着你，任枫叶飘落。

我拉着你的手，你拉着我的手，从潺潺流水边走过，水落而石出，是那样的清凉。

就这样一年又一年，我们相伴到老，终生相随。

2020 年 8 月 31 日

吴新芳作品*

记忆中的光

　　记忆中的光曾翘首以望，欲进又退踱步的模样，是自己和自己的较量，那定格的美俘虏了少年的，何止是痴狂，今夜想起这篇章，不知何时已泛黄，多情不应想，莫惊情殇！

念　宠

吾有所爱，名曰姑娘　　　　每日饲之，手喂瓣肠
动如脱兔，飞扑近旁　　　　若有所异，闭口神伤
思抱思抚，已是寻常　　　　身有不适，躺至吾旁
情有所溢，舌亲脸庞　　　　目有所指，引至肚膛
盛情难却，阻之愈强　　　　从之抚之，安然静享
趁我不备，偶有得偿　　　　陪我欢娱，懂我悲伤
花开一朵，神采飞扬　　　　曾有人议，貌似非常
有一密事，亦欲分享　　　　此为何故？默契互赏
来往儿郎，毫无异常　　　　离别千日，恍如隔昨
伊人若近，如临战场　　　　辄有所念，如饮琼浆
静若处子，惹人怜芳

　　* 作者简介：吴新劳，笔名"忆涵"。籍贯陕西省宝鸡市，90后，喜欢学习历史、下象棋，也喜欢接触新鲜事物，对生活中的感想存于心、止于口、寄于笔。

雨中行

雨水从云朵中坠落
亲吻着行走的躯壳
风雨洗礼着灵魂更寂寞
车轮下的水辙四散飞落
就像被动做过的选择

伴随的是落寞
一句话也不想说
徐行笑看雨滂沱
全然一片好景色

王华国作品*

又赞茉莉花

玉骨冰心笑暑天，邻旁树草叶垂蔫。
银光夜露凝香处，定是娇娥偷下凡。

咏 蝉

抛弃金衣万事轻，不食烟火饮清风。
历经黑暗三年苦，但放歌喉一季鸣。

小 雪

望远冷云薄似纱，时迎节气落琼花。
千山老去染白发，万树瘦枝多鹊家。
雪下轻飘仙卉泪，风吹利剑草枯伐。
纵横满目尽萧瑟，唯有寒梅蕴清嘉。

* 作者简介：王华国，笔名"华疆域"，山东昌邑市润恒纸管有限公司总经理。昌邑市作协、文山诗社、潍坊诗词学会会员，山东散文学会、《中国诗》会员。作品见于《中国网络文学精品 2011 年选》《星星文学》《新锐》《中国诗歌》《河南科技报》《潍坊日报》《北方诗刊》《关东文苑》《中国当代诗歌典籍》《中国百年诗歌精选》等。

秋 逝

玉颜零落暮山秋，凝露萧森万壑幽。
孤雁已辞疆北月，霜风蔓草斩情仇。

雨 夜

听——
雨声
淋湿了一切的喧嚣
平静的心水
泛起粼粼的涟漪
透过凉窗天籁
把心事浇透
那些悲伤变成了零碎
心被雨水充盈
已看不见她的晶莹
浸湿了那些发黄的记忆
是疲惫的影子

看雨滑过屋檐
夜色开始颓废
是否还有——
伤怀的轮回？
伸手触摸
那只是个涂鸦的拥抱
痴痴地想
痴痴地听
夜雨声开始悠扬
箜篌一曲
放松那踟蹰的情思

陆兴应作品 *

活出自己

如果
你追求大海的宽广
我便选择江河的激越
你有雄壮的风采
我有奔流的特色

如果
你钟情春天的美丽
我便喜欢秋日的丰硕
你有浪漫的个性
我有成熟的品格

如果
你走向太阳的灿烂
我便步入月光的皎洁
你有夺目的希望

我有温馨的憧憬

如果
你拼搏明天的辉煌
我便奋斗现在的平淡
你有远大的目标
我有充实的现在

我们不必仿效
也不必抄袭
只要
活出自己

——活出自己
在山为棱，在水为浪
在竹为节，在花为香

---

* 作者简介：陆兴应，笔名"心应"，贵州独山人。业余诗歌爱好者，爱好看书写作。希望能与有共同爱好的朋友们学习和交流。

飞 瀑

不是因为哗众取宠
所以才奔腾激越
而是因为不甘平凡
所以才溅地飞天
不是因为坚于钢铁
所以才无所畏惧
而是因为胸怀远大
所以才勇往直前

只要还有满腔热情
就不怕险阻绝境

即使粉身碎骨
只要还有点滴生命
就不会退却停留
纵然千磨万击
不能浩瀚　也要轰烈
不能辉煌　也要悲壮

——飞瀑
有了别具一格的品质
才有不同凡响的声势

春 蚕

辛勤不为高飞去，
作茧唯图绢纺连。
但得绫罗成锦绣，
何愁自缚入长眠。

蜜 蜂

虽无万里云天志，
却有一腔朴实情。
往复花间非浪荡，
为将蜜意济苍生。

俞鹏飞作品 *

海 阔

清节流慕涯，烟雨雾满楼
海空凭鱼阔，天瑕缀鸟星

北京冬奥

意未尽，竞犹酣
悠悠燃歌，梦回盛世
醉卧繁京，人生几回
不负此，再一金
滚滚红尘，景衬韶华
山河月照，不夜金辉

---

* 作者简介：俞鹏飞，笔名"妖纵绕"。27岁，爱好诗词写作。

甘丰宁作品*

蝶恋花·春晨

远眺屏峦峰晕晓，
人赏闲晨，空霁云清少。
几点碧春争树杪，
朝阳斜入迎风草。
转霎殷殷车马早，
行路匆忙，惊起悠然鸟。
莫话春晨之计好，
凡人都向尘中老。

临江仙·春

细雨初淋春色里，润开杨柳新芽。
归来双燕落谁家。翠微拥碧水，晚照衬烟霞。
若许清风明月顾，更怜芳草闲花。
一壶浊酒慰天涯。春光不解醉，流水逝年华。

---

* 作者简介：甘丰宁，男，汉族，1997 年 10 月出生，辽宁省朝阳市人，中国共产党党员，现为沈阳音乐学院钢琴系 2020 级在读硕士研究生。

七律 · 共产党员

系予青春秉赤诚，九州风雨待新更。
经年未负初心誓，岁月犹安尽瘁情。
一片衷怀图报国，满腔绛汗侍苍生。
抛身不为铸丹史，只愿河山处处明。

七律 · 中秋赏菊

莹空水碧尽余光，懒月舒星夜趁凉。
白露才生天褪色，秋分过罢地凝妆。
蒙蒙雨润新粮锦，瑟瑟风凌旧蕊黄。
待到百花无觅日，我枝犹立满庭芳。

五律 · 夜雨

临夜春霆启，霏霏远径深。
妍芳频俯首，倦鸟急归林。
雨润天青意，风柔月色心。
孤怀兴志介，寂寞遣幽襟。

申志民作品 *

那 路

那路
我与你并肩走过
一个夏季的炎热
在两颗心灵的对碰中
悄悄地褪去
接踵而来的秋意
渐渐微凉
终于在落叶纷飞的某个时候
戛然而止的脚步中
那路便走到了尽头

那路催动一颗孱弱渺小的心灵
从封闭已久的群山里
迈向繁花似锦的都市
而我便失去了
日出而作
日落而息的田园风光

那路

在你我倾心的慢行中
早已过了情窦初开的季节
却依然绽放出爱的火花
第一次燃烧
在我的人生旅途中
从此告别
青涩的纯真时代
在男人的世界里
成长、蜕变

在某个十字街口处
那路便有了尽头
我举目远眺
依稀仿佛远方的路
向我招手
穿过熙熙攘攘的人群
我的脚步
便开始了新的征程

---

* 作者简介：申志民，笔名"阿丑"。爱好读书，诗词爱好者。曾获得《当代诗坛》铜奖，文化艺术人才库"2021优秀诗词家"称号。

风雪飘过的日子

我站在冬季的窗口
眺望风吹雪落的风景
如精灵般跳跃的雪花
纷纷扬扬
带给北方边陲小镇
无限朦胧的画卷

望着窗外渐渐模糊的轮廓
我的思绪早已凝结成冰
倒挂在儿时的屋檐下
穿越回溯于往昔的岁月
青春的翅膀扇动着
少年心中的梦想
飞过万水千山
在远方飞翔

在风雪飘过的日子
我从遥远的异乡归来
行囊里隐匿的沧桑

叹息着
无数个日夜里的艰辛
渴慕在故乡的摇篮里
聆听母亲的细语轻声
我生命中至亲至爱的人
早已在天堂里安息
家从此便失去了方向

伫立落雪纷飞的街角处
祈求不期而遇的惊喜
迎面而来的目光
在口罩的遮掩下
闪闪烁烁
望着擦肩而过的背影
孤寂而又陌生的情绪
油然而生
一片雪花湿润我的眼眸
从此故乡是异乡

岁　月

久已沧桑的心灵
干涸所有梦想
在鬓发如雪的年轮里
岁月如刀
割断青涩久远的情思
化为点点
点点繁星
在深邃的苍穹之中闪烁

岁月是一壶清水
沏煮茶色迥异的生活

在喧嚣浮躁的日子里
回眸陌上
小桥流水人家
日出而作
日落而息的宁静
唏嘘
岁月弄得三千青丝
须眉皓然
流逝了易老的容颜
守护永恒的初心

潘新年作品[*]

石头城的早春

猪踏鼠归福瑞降，
银装飞雪万景藏。
枝鸟晨鸣昂官傲，
皑皑白雪扰六朝。

清明思亲

微风拂面细雨柔，
桃花芬艳今无游。
碑前墓后魂思断，
泪洒千古醉心头。

中元节思亲

皓月当空影迷茫，
扶酒对月似断肠。
泪眼犹见双亲影，
方知今宵阴胜阳。

思 景

仿入仙堂万景新，
春鸟归来百虫鸣。
明皇孙帝山钟景，
石险峰奇桐思龄。

---

* 作者简介：潘新年，汉族，1975 年出生于江苏省宿迁市泗洪县天岗湖乡陈宋村。

林志鹏作品 *

剪

遥视星空似何剪，
柳絮渗红满落泥。
情堪难絮是别愁，
一言莫作狂笑乱。

云飞来石

自始孜幂缘迹许，
孤来飞黎幂杀机。
寒石盘古鉴地刻，
亘愚人昧逐自淳。

迎新会

旧迎春来四海升，
挂羽福星高照寿。
佳捺舒七点缘钥，
辰薄甘浴锦丝绸。

晓色门外

晓忪倦惺梦恍惚，
一零落枕飘零袖。
看风拂钰铁思忖，
辱湿背绫镜观后。

---

* 作者简介：林志鹏，男，1991 年生于云南省怒江州福贡县石月亮乡，喜欢武术、音乐、文学，痴迷中国传统文化。

征　途

生活总是新的
美丽就在眼前
过去的已成为虚幻
放弃的就别再追寻
昨天的路曲曲弯弯
明天的路依旧漫长
走过风和雨

踩过泥与泞
让那悔恨的泪水
流走吧
让那曾经黯淡的双眼
燃起五光十色
辉映太阳

语破天惊

人生，匆匆如流水。那已流逝的时光，翻腾着，汹涌着。岁月静好但不饶人，此刻，它正缓缓地越过来。

或许，生命应该绽放。

瞧，远方的飞石，溜于云顶，似与天相接。

不知名的小草，让大地生机盎然，惊了南迁的燕。

是的，生命反复，有何惶恐，非梦。一语惊醒，携着古卷，步入山中，归一寒观。

羽古柳絮，鉴宿随落，踏彩云追紫竹林。

花露傍山，依吟；撼浅手撕，狂野；幂缘之机，澈苑。岑自憩一辱，婉揽瓣抚弗。

劈大地，压高山，持一七。

生命，揽观人间。此时，它静静地越回去了。

陈煜淇作品[*]

夜

西方不再明媚，
天空已经变黑。
蟋蟀弹起了手风琴，
青蛙把诗背。

云儿已经沉睡，
星星依旧半明半昧。

鸟儿已经疲倦，
月儿依然不累。

哦，小孩！
你在被窝里掉泪。
把你美梦偷去的是谁？

爸 爸

如果说妈妈是春天里的一丝春风，
那么爸爸就是秋天里的一丝秋风。
他粗糙的手抚摸着我的脸蛋，
脸上露出一丝笑容。

他每天工作、加班，
身上的汗不知流了多少。

但每次深夜回家时，
总能看到他烂漫的笑容。

爸爸呀！你就是一棵大树，
而我就是一棵柔弱的小草。
待到风雨之时，
只有您才是为我遮风挡雨的屏障！

---

* 作者简介：陈煜淇，浙江省台州市黄岩区江口中心小学五年级学生。

下 雨

天雾蒙蒙的，
把整个天空都笼罩了。
一道闪电划过，就下雨了。

雨点落在地上，
嗒嗒，嗒嗒，
像马儿一样跑向远方。

雨点洒到小河里，
滴答，滴答，
像时钟一样来回循环。

雨过了，
天空出现一道彩虹。
啊！那不就是架在天河上的桥吗?!

教 室

教室里，
传出一阵阵朗诵的声音。
那声音有着快乐与活泼，
又充满坚定与希望。

教室里，
传出一阵声音。
它有着铅笔的沙沙声，
又带着橡皮的唰唰声。

教室里热热闹闹的。
有的在唱歌，
有的在写字，
还有的在玩游戏。

每次我经过那儿，
望着里面的桌子，
心里比吃了蜜还甜。

初春望月

寒风尽力吹，白玉嵌天灰。
虽无仲秋景，却有自己趣。

刘劭作品*

茶垌门

万里来龙长白山；
都龙冲龙会此间！
民祈福祉；
乐斯安家。
茶园增香会远亲；
垌田添绿万里春。
冲龙都龙，双龙都汇；茶垌地灵，乃必人杰！
忆往昔，茶垌旧门，似门似洞，阻塞交通，众之不利。

欣逢盛世，辛丑岁初，再雄首倡，宗荣献策，支书保传主事，"两委"决议，筹委功高，雨露支持；群贤集思，众积善德。乡贤者，积善行德也！德行高而声誉稠，乐善事而德持久。众人拾柴薪焰高；群众乐捐心态好。功德榜上美名留！门楼矗成，益于当代，利长千秋。甲新诗赞：

双龙宝地茶垌楼；
辛丑屹竣利千秋。
世人皆认都江堰；
从此又识茶垌楼。
门桥渠道一体化；
世外桃源境中留。
旺丁顺仕便通行；
渠成腹中品格高。

---

* 作者简介：刘劭，原名刘甲新，男，1964 年冬出生，广西壮族自治区北流市民乐镇茶垌村人。本科学历，中学高级教师，教高中语文、地理、历史等学科，是有三十多年党龄的优秀共产党员。喜爱写诗赋文章，代表作有《北流市第二中学赋》等，《习近平总书记从政、教育生辉》获市征文比赛特等奖，《香荔丰收，喜藏隐忧》等多篇文章在各类报刊发表。

新建门楼，美名"茶垌门"。

千钧门楼矗起八桂名村；

万世茶垌响彻九州都会。

茶垌门，干坤福门。肇基于 2021 年 10 月 18 日，竣工于 2021 年 1 月 20 日。予荣情系门楼，题门联：

茶香林茂山清水秀风光好；

垌美粮丰人杰地灵景象新。

饮水思源：生活幸福恩于党领导；门楼宏伟系于乡情稠！

茶垌门，丁财盈门。北倚容山阅秀川，尖冈岭、屏障岭、犁头岭、纱帽岭，岭岭竞秀！江山如此多娇！茶垌好风光，旺桑蚊子塘，旺丁旺财旺人民！富贵茂田庄；财盛双江流。两河砺平石；万载双龙乡！陈陵名谜在？里背鼎尖冈！彭城今犹在，大汉耀刘邦！艰难何所惧？华夏世无双。门不在高，德高为标！

茶垌门，大道正门。南临民乐迎圭水，暗冲、长冲、独冲、陈陵冲，冲冲升龙！茶垌好人民，从来主义真，真人真事真风尚。胸怀大祖国；心向党中央！仁、义、礼、智、信，百善孝为先，诚为本，民风淳朴；党政干群关系楷模样！汉儒传统文化、宗祠文化深入民心；红色文明、现代文明凝聚民意；桃园三结义，中华系正统，张飞除万恶，关公凛然生正气；红色光辉耀河山！双龙都汇大容山，龙之传人在此间；龙飞凤舞，地灵人杰，人才辈出，后学者众！青少年是国家民族之未来，为国造材！青年尚学，则国强家富；青年崇德，则社会文明；青年习武，保家卫国，尚须戍南海；青年自强，茶垌更丽亮！此乃人生正门！人生正道！人生通途！人运、门运、家运、国运，运运相联。

翻身尚思毛主席；幸福难忘共产党！

茶垌门，喜庆迎门。新时代，习近平总书记指方向：奋斗新征程，共同构建人类命运共同体，大道之行，天下为公，天人合一。国运鸿，家运倡，人民有信仰！门不在阔，合适就行！百年大变局，习近平总书记妙谋划：团结世界人民，中国好安家！人民享和平！金山银山，绿水青山；圭水长北流，民乐茶更香，垌田绿油油！山青水长流，茶垌子孙遍天下！

入此门，众来欢悦。领导来，指示新，党政关怀更近民；送温暖，安万家，乡村振兴满彩霞：产业兴旺、生态宜居、治理有效、村风文明、生活富裕！主安客欢，身为茶垌人，安家为荣茶垌欢；居家为誉茶垌乐！幸为茶垌游，世外桃源饱眼福，柳暗花明又一村！愿为茶垌客，盛情难忘暖心底，主随客便风尚高！

进此门，进门有德。德高为圣，积善累德，圣心备焉！

茶垌人，入此门，家安庭旺户幸福！

茶垌客，入此门，景新情浓人欢乐！

出此门，出门有道。道坦途平，六六风顺！八方吉途，扬帆远航！九龙祥集，必是如意！

冀万载，丁兴财旺茶情浓；

望九州，主欢客乐垌生彩！

岁岁更精彩！

年年情更浓！

以汉高祖刘邦之《大风歌》为结，以壮声威，并表达在外的茶垌子孙思乡之情：

大风起兮云飞扬，

威加海内兮归故乡，

安得猛士兮守四方！

2022 年 1 月 5 日作于广西北流市第二中学

北流东湖赋

话说：天下虽大，而今地球变小村，中华更有为！

上卫星图，俯瞰大地。太平洋之西，亚欧大陆，华夏富地，桂之东南，有名邑北流；更有人间仙境，名曰：东湖。

且听甲新诗云：

北倚容山御寒风；

南迎圭水沐阳红。

青龙蜿蜒石峰秀；

幸福大道朝向东。

湖中独石何人舞？

南来北往乐仙翁。

看仙境：大局开阔，小局完美！仙境悦目！

前朱雀，搭平台，独石湖中舞，华夏添彩章！

后玄武，秀金刚，印山倚为靠，八桂展画轴。

左青龙，喀斯地形排文笔，护砂绵长。

右伏虎，岩泥相间升松榜，虎地鸣啸！正相对，夹耳峰，天心合十，天生地造，人间仙境！天下难寻，世间难觅！四水归流，孕得一湖，湖面如镜，湖局开阔，湖中屹立一山，状似一石，名曰：独石湖。此湖，东补勾漏洞地下之水；西收鬼门关山上之雄气！南望会仙河；北倚容山，龙行万里，遇水气止，结地焉！

忆往昔：历史悠悠，故事赏心！

宋之前，华南有大虫，不食人，人虎相安，美名：老虎冲。

宋之后，明清人气增，独石风光秀，湖渔泛波耀南国。

新桂系，旭初造公路，324 国道成形，运兵送武抗顽倭，雄关踞守，昆仑大捷有名关！

共和国，工业化，造水泥，北流虎头响叮当！海螺兼天下，独石现美仙，各得其彰！

赞改革，陵园虎将守南门，明瑞英名再生威！

叹人杰，广州烈士忠魂在，作豫浩气永长存！

造公园，东湖仙境彩更浓，游人群乐唱共和！

生效益，湖西商贸盛，东投效益多！金麟住宅佳，学区书声浓！南来北往欢乐多！东湖紫气旭天宫！

看今朝：国泰民安，北流为凭！东湖作证！

新时代，科技强国，民生为首，楼渐高，居无忧！近群众克强难，平民幸福里！

共同体，日月更齐光，瑞气东升，高朋满座，中华唱文明！

印山依旧绿，塘中游渔欢，客游东湖，笑颜开！

民乐心无忧，党群似鱼水，南水北流，赞太平！

冀年年，人更欢！东方长盛，湖区益明！

2022 年 1 月 5 日作于广西北流市第二中学

贺新力作品*

遐夜 我

夕阳西下，漫漫的霞光渐渐消逝在暗绿的山野中。和着夜栖归来的鸟儿，一切沉浸在暮色里……

月，轻轻地隐现，悠闲地游步在静谧的夜空。温柔的光洒向大地，包裹我的心。月，洁白的挂在空中，亮得那么真实，那么真实的静和美。走进山林的小溪边，用断木枝支起一张床，一张木床，仰在上面。听：草丛的虫鸣声、风声、潺潺的水声，借着月光，伴着山草、野花、山林，还有一个深深的夜和久别的气息，依旧的夜，这么遐意、真实……许久，睡意淡生，我累了吧……

忽地，一阵凉风带着青草香和淋淋的水气，让我惊了个寒战，稍许，静静放松下来。呵，清爽爽的，无比惬意，又禁不住伸了个懒腰，那神情像是在沐浴中凝滞了，不愿回往。夜更深了，风声、林叶声、溪水声、虫鸣声，还有偶尔的惊鸟声，围着山峦一去无踪……

慢慢地，我的视线一片模糊，变得不知不觉……哦，真的要醉（累）倒在这遐夜。

追 忆

就这样遇见你
急忙用跳动的心追上你

---

* 作者简介：贺新力，笔名"黎艺江"。1970年出生于河北保定高知家庭，毕业于河北大学法律专业，曾服役于中国人民解放军某部特务连。幼时就喜爱文化艺术创作，作品多见于媒体和国内赛事，创办了水滴石文化传媒工作室，用艺术和传承书写正能量。

怯怯地面对……
整个清晨　弥漫着你的气息
渐远……
却又渐清晰……
用忐忑的心情目送你
用勇气　再次感受追上你
却　没有靠近　望着你远去……
在这清晨的校园里
不愿唤你　也不愿追赶你表达情意
怕　声音惊扰了这份惬意
静静的思绪　淡雾弥漫着……
自己被不经意地浸润在你那无法被遮掩的
超尘　清澈的眼神里
还有整个晨曦的回忆
忙　速写勾勒出你消失的身影
动人的轨迹
却　违心地躲避
不愿感触渐近渐远的距离
仿佛拥有　哪怕靠近
同时会把另一种甜蜜失去
真的怕失去……怕忘记……
这样的一个风景
这样一个美丽
或许是擦肩而过的际遇
或许只是一次不经意
就在追忆里遗忘吧
也可　忘了我　忘了你
跳动着的思绪
留下了
今晨走过的足迹　驻足在今晨的回忆
…………
又一次　拥抱了我自己
也可　也可

真的醉在这　秋季的晨曦
追恋的记忆……
这个回忆
注定我们是路人
在下一站
或你回想我　或我忆起你
也只会似流星闪耀　光芒刹那逝去……
在镜头闪烁的瞬间
我用思想凝固了这段美丽
…………

会想你　很多年后我还会
时常走近　今晨的校园小路
也可
淡淡地想起
想起淡淡的你
或许在某个港湾　将心靠岸
静静地等待
这样的一个秋季
这样的一个清晨
这样的一个故事
这样的一个你
这样的一个美丽的记忆
在牵手中感受或远或近的距离
追忆……

鹰（一）

雨夜　抖落一身淋漓
不羁地　飞往另一个神奇
像利箭　穿越星迹

似霹雳　闪电无可比拟
梦中　充实刚毅
醒来　所向披靡
在　生死的搏击中展现英姿
与命运抗衡的刹那升华光芒的自己
无所畏惧　于逆境中一次次展现生命的奇迹
傲姿超尘出精彩的意义
把自己的灵魂置于另一个世界的思想里
昨天　刚掠过胜利
看　又一个目的地
我　是自己
翔旋苍穹　俯瞰大地
奔着未来　向
云霄　射去
…………

鹰（二）

我　不曾似是一只孤雁
而是凛翔在峰巅之上、苍穹之中的利箭
用那巨大有力的铁翅掀起大海的波澜

在狂风暴雨中磨砺自己
乘云雾寻觅神州大地
灼阳酷暑中自信地起程
冰雪里抗衡冬的寒意

傲视一切　从无畏惧
任何一次搏击　没有失败的预意
用利爪扣起猎食的背脊

飞往永不知的迷离

一个盘旋展示了我的英姿
一个俯冲证明了我的实力

展翼翔旋　拍云逐日
用生命的奇迹不断地超越着自己
没有心灵的痛苦
没有世间一切悲喜剧

杨碧刚作品 *

忆慈母

六二灾年深秋时，
一声啼哭儿降生。
襁褓之时不知晓，
万般苦难母自撑。

千辛万苦养儿大，
送入学堂做贤人。
书包棉袄加儿身，
千针万线慈母情。

日种田土抢工分，
深夜挑灯满山寻。
采来蘑菇和山果，
换来米粒养儿身。

把儿养成钢铁汉，
送儿卫国去参军。
教儿立下报国志，
男儿当学岳将军。

儿守边关四寒春，
硝烟战火儿躺平。
日思母疾可安好，
夜梦常把儿来惊。

脱下戎装归故里，
儿尊母教立志新。
日耕夜读广种田，
发奋做个圣贤人。

本想回报慈母恩，
无奈吾母疾已深。
撒手西去告诫儿，
永远做个爱国人。

一晃十二寒暑过，
洒泪诗书告天灵。
吾母天国该含笑，
家国有难儿献身。

* 作者简介：杨碧刚，诗词爱好者，国家事业编制退休职员。1997 年参加第二届《东方杯》全国诗词大赛获铜奖，参赛作品《小秀》入编《中国当代作家诗人大辞典》《中国新世纪诗人诗选》两部书。2021 年参加全国各家诗赛获三个优秀奖、三个三等奖、一个二等奖和一个特等奖。

忆南疆六章

年少风华战南疆，
手持钢枪守边防。
金戈铁马男儿志，
何愁他日不还乡。

边关四年壮丽时，
无怨无悔赤子心。
枪林弹雨酬壮志，
愿把生平化柱石。

只要家国得安宁，
不惜此头献国门。
如若生命到此时，
化着青松傲血霜。

一晃生命入夕阳，
国泰民安事业强。
中华儿女千年志，
永立潮头在东方。

六十余载催人老，
吾已不是少年郎。
宝刀不老倚天剑，
国家有难赴沙场。

一生誓死卫家国，
丈夫入梦披戎装。
叫声母亲敞胸怀，
赤子至死是战郎。

木棉花

木棉花木棉花，
火红的木棉花啊，
红得那么鲜艳，
那么灿烂。
你似我战斗在南疆的火热青春，
你红如烈火，
红得令我心碎哟，

心碎了四十一春。

木棉花木棉花，
火红的木棉花啊，
你红遍边陲的山川，
红遍我爱情的摇篮。
在你火红的裙下，

她轻轻向我走来，
又轻轻给我一个吻，
吻下我四十余载的情海无边。

木棉花木棉花，
火红的木棉花啊，
你生长在我热恋的山谷，
山谷因你的红更加灿烂，
我的梦因你的红更加凄婉。
那永远的思念和永远的牵挂啊，

让我一路泪洒西南。

木棉花木棉花，
火红的木棉花啊，
我把我的爱和生命，
洒向你燃烧的火焰。
焚烧我吧木棉花，
焚烧我！！
我愿把我的爱和生命，
化作一朵朵木棉花！

梦　想

不知是什么时候，
我开始梦想成为诗人。
也不知是什么时候，
我开始学写诗。
在漫长的黑夜里奋笔，
写我的新诗啊，
我的长短句，
我的自由体。

我崇拜李白杜甫，
我常读唐诗宋词。
我热爱歌德雪莱，
更热爱艾青闻一多。
爱他们带着民族的号角，
带着一腔正气；
带着爱国的情怀；
把国家和民族放声高歌。

我虽不是诗人但我热爱诗，
我曾穿过军装，
把青春献给军营。
我曾扛上犁耙，
企盼那金色的收成。
我曾缺衣少食，
但依然用生命，
去追寻诗的灵魂……

我虽不是诗人但我热爱诗，
我虽铸造不出黄钟大吕，
但也常雕琢"小家碧玉"。
我的笔力虽然笨拙，
也没有诗集没有读者，
但我可以向世人宣誓，
我一直在用生命写诗啊！
就让我的生命在诗的烈火中燃尽。

我虽不是诗人但我热爱诗，
哪怕生活穷困潦倒，
我也要穷尽一切去购买诗集。
哪怕感情伤到心碎，
也要去寻找人间真诚。
哪怕一路跌跌撞撞，
哪怕走到人生的尽头，
我也绝不放手！

告诉你吧我真想做个诗人，
做个永不倒下的战士，
让我的灵魂在烈火中燃尽，
把我枯槁的双手，
在黑夜中高举，
伸向苍穹，
去摘取那颗，
永不泯灭的星。

望断天涯海角

——致海南伊人

一个文明的时代，
伴随着一个伟大的祖国。
一片辽阔的大地，
拥抱着亿万个生命。
一个科技的时代，
发射数以亿计的神奇电波。
我在那神奇的电波中，
捕捉到一个如仙的神韵。

让我的灵魂把你追寻，
我的灵魂升至天宫，天宫没有你，
我的灵魂寻至天涯，
终于在天涯海角的那片热土，
追寻到你的踪迹。
从此啊我望穿海水，
望断天涯海角！

你的出现如此神奇，
我不知你来自哪个天国啊我的女神。
是来自月球的广寒宫呢，
还是来自更遥远的火星？
或许你从长江黄河走来，
从蔚蓝的大海中走来；
从亘古的历史长河中走来……
你悄然如神飘然如风，
走进我入暮的黄昏。

我追寻的灵魂刚流落在那片天地，
可你如神的身影又飞至多伦多。
我的心才刚有所栖息啊，
可你为什么又要飞行？
飞去地球的那边，
让我追行的脚步不停，
让我追思的灵魂飞奔。
可地球是个圆形的物体，
我无法走出那条抛物线。

我再次望断天涯海角，
再次望穿地球的那个角落。
你许下的诺言，
何日归来践平我那千疮百孔的思念?!
何日又才是你的归期呢?
我日夜守望那滴落的泪水，
凝结成粉红色的铝块，
千万次地穿透我那日夜期盼的心。

我常读艾青大师的那诗句：
"为什么我的眼里常含泪水，
因为我对这土地爱得深沉。"
今天我不停地追问自己，

为什么我的眼里常含泪水?
是因为我的人生等你太久太久，
在我生命的晚秋，
终于等到你姗姗来迟。

让我的情愫穿透时空，
随时代的电波飞来把你拥紧。
亲人让我的心飞来，
飞来融入你的灵魂再次起搏。
我的女神，
让我苦难的灵魂随风飘来，
飘来轻拂你柔美的容颜，
滋润那善良和美丽，
好让她永存天地人间!

马建卫作品*

长生果

麻宫里，朕的爱妃嗜睡

秋梦深深不回头
一件时尚暧昧的桃红色内衣
紧裹着脂玉一般的肌肤，美白温润
当朕孤寂，历尽风雨
被红尘人间压榨
唯你赴汤蹈火，生死不离
向朕劝酒

朕当拥着你的芳香
在月下，饮尽琼浆玉液
宽玉带，卸龙袍
蜷缩成一粒花生果
与你麻宫里，终极一醉
不老长生情

---

* 作者简介：马建卫，男，1970 年出生，河南省新郑市人。自由职业者，诗词爱好者。河南省根雕协会会员，新郑办事处副会长。

点滴筹

跟在爱心的身后接龙，忍痛
拔掉自己腰间的一撮羽毛
紧紧攥在手里
我生怕，我的霓裳会嫁错了地方
因为九州有鄂，汉水有你
有洁白的栀子花开
守候着关爱和永恒的约定
也许，今生不及荆州
我还要大江东去，浪淘尽
我还要自将磨洗认前朝
哈哈哈哈！
我还要东风不与周郎便
我还要……
这只是滔滔江水里的点滴，给予你
慰藉我的香梦
温暖安逸

雷击枣木

源于你的归隐，峭壁上
这半截儿低矮空洞的朽木，扭成了妖树
吐妖香，招妖风
呼呼欲飞，又妖言惑众
五百年的罪孽，向着死亡而生

才能触动龙的恋木情结
被雷电洗礼
被阴阳交泰之火沐浴
修成辟邪神木
这才是你前尘今世的真正渴求
从此后，你的神威显现
灵魂隽永，所向披靡
洋溢着
无边的幸福和祥瑞

盆景诗之一

做我红颜，必受刀劈斧砍
有几个部位当先陈化
接受风雨侵蚀
徐娘半老，鹤发童颜之后
你才能剥离故土
低于我的额头三分
出嫁在一只几架上的瓦盆里
用一种恒定姿势
活在旧时伤疤与崭新的疼痛之间
一桩一支，一花一叶
又逢一个春天
标榜着，主人的良良品位
与惺惺的儒雅

盆景诗之二

知道你，当春出嫁
我与远山和亲
与一棵病入膏肓的侏儒结缘
我从荒野的峭壁上迎娶
抱得美人归来
在一只瓦盆残破的洞房里
我向你劝酒
剪掉多余的偏枝
想你姿态潇洒的样子，赏心悦目
兴奋处，春雨夜成诗
烛伴词生香

沙尘暴

爱一次，飞沙走石
惊天动地泣鬼神
一堵遮天蔽日的沙墙
翻滚冲腾，扑灭你的桔灯
把你幻境高涨的山庄，夷为平地
与沙共舞吧！
此间乐，不计得失
最后的结果
大劫后
又有一种新的安详，流光溢彩

春宵多斑斓
春花映日，别样红

树化玉

榆木！榆木！
鬼见愁，肉价跌落熊市
你被几经易手
寡人恋木，缘是前世你的金命克星
你还不具降龙
要续烂，腐朽深入心髓
掩埋乖张暴戾之气
十万年之后，你才能
沧桑巨变，脱胎换骨

到那时，你也是朕的小檀
尽享人间膜拜
你啊！实心儿的榆木头疙瘩
辟邪神器，树化玉

尤保柱作品*

一滴泪洇湿了时光

若秋风打湿了叶子
泪水便成了这个秋天的雨季
一滴泪洇湿了时光

在我心里的秋天
有无法抹去的悲凉
秋风已过
秃枝竭力强占势头
而我逐渐变得低矮
那时我双膝跪地
竭力用泪水唤醒我熟睡不醒的亲人
这样的秋每年都让我心痛

多少年过去了
我多想给阴间的爹娘打个电话
让他们不要牵挂没来得及收割的庄稼

---

* 作者简介：尤保柱，尤保柱曾用名尤保田，笔名尤然。祖籍河南省正阳县，现居新疆。搁笔 20 年。2019 年至今发表诗作肆百多首，多次获奖。部分作品分别被年鉴、年度选本和大型图书收录。作品散见于《绿洲》《中国诗歌报》《中国乡村》《情感文学》《诗天子》《中国微型诗》《博乐农垦报》等杂志、报刊、平台。现为中国诗歌报会员，中国乡村认证作家，河南省正阳县、兵团第五师作协会员，黑龙江省依安县诗词协会会员，《作家前线》《九州诗刊》签约作家、诗人《诗文艺》签约会员，《中国爱情诗刊》在线诗人。

依恋这场雪

是纷纷扬扬的大雪掏出了
我在人间的第一声啼哭
因为生逢雪天便取名雪儿
我的名字和雪一样洁白明亮
我喜欢我的乳名更喜欢雪
一听到"雪儿"总觉得
大地更阔　天空更敞亮
如果遇到雪天
我就把自己当作天使
让所有遇见雪的人
都叫我的名字
我的名字和我和雪密不可分

我总希望每年的雪天更长一些
这样会延长人间的干净
遇见雪的确让我感到幸福和温暖

日月交界处

秋风无力
总想把成熟的时光
摇落枝头
时光无私
总想在日月交界处
评点过往的凄美
我执一段念想
忙碌中错过了春的美丽

夏夜的雨　秋高的蝉鸣
热风雨露寒霜和冰封
无不在展示各自的美
我不过是岁月的一个过客
忙碌中　在日月交界处
向独美的风景交递
属于自己的一份独白

把故乡隐藏心底

离家的日子　心里
空荡荡的
就像静寂的夜山
一声鸟鸣　一叶草动
抑或月影的挪动
无不拨动游子的心弦
捂着胸口　打开书箱
一声乡音　一把故土
无不萦绕着亲人的牵挂
浸透的乡愁和沉浮的岁月
勾起我无数的思乡情结
故乡的形象是无法淡漠的记忆
乡音民俗村落童趣
还有赶不走的记忆忘不掉的依恋
都像一坛陈酿在心底发酵
我难以表白心灵的纯真
更无法翻晒心里的惆怅
在我心里
唯有故乡的一切
是那样的清纯明澈
难以割舍

冬夜我想静静地写首诗

寒风封锁了秋天的凉爽与高远
厚雪覆盖着夏日的狂躁与嘈杂
严冬是漫长的等待与寂寞的梦
冬夜，疲惫的路灯抚摸积雪的睡意
我坐在台灯下等待心灵的敲门声
此时的静怡和着匀和的心跳
如此静好的夜晚我想静静地写首诗
把离家的惆怅和梦归的不安
把大雪和臃肿的行人
把满身洁白的青松和驼背的翠竹
把凌崖的雪莲　墙角的一梅芬芳
种植在文字里
让他们分娩成萌动的诗意
在大雪纷飞的日子
温暖所有的寂寞与失意
让这个冬夜的灯光穿行在诗行里
长成叮咚的暖溪
流经所有困顿的目光和疲惫的心思
让生活在花季等待下一个冬夜的宁静

*常博作品**

醉花阴·清明

云雨初霁春启釉，灵山闻蹄骤。时岁至清明，白纸灰烟，冢上添新寿。
日昏雀走纱茗陌，残柳孤坟旧。吴雨沁东楼，风起昨梁，人与花偕瘦。

苏幕遮·春日忆乡

散红烟，开绿布，仙手描屏，屏彩鸳鸯赴。春暖天光花满树，百羽推云，
云散飞银瀑。
银城湾，金鲤渡，然却思归，不耐胭脂铺。江海情长皆异土，游遍天街，
乡月谁能悟。

画楼听书

昨夜小檐听残雀，今朝醉酒倚红楼。
文山词海画渚里，青衣白马少年游。
佛易孔孟老庄鬼，司马迁光数千秋。
胸有诗书三万里，笔落雷鸣吼九州。

---

* 作者简介：常博，28岁，安徽人，闲散诗歌创作者。

林黛玉

玉茎新花蕊沾霜，绛珠谪落病娇娘。
春风拂软俏杨柳，秋雨绵湿粉黛窗。
香茶暖阁诗书煮，文娟翠袖念玉郎。
寻愁葬花低吟语，泪尽魂消怜断香。

少年郎

风轻提马执萧剑，日落云扬半步天。
画舸翠屏吟醉曲，九州沧海会游仙。

秋　征

空山击鼓催军进，绝岭鸣钲止战伐。
霜冷密着天地死，金风摧破万新家。

夏　盛

时雨青梅翠，银涟隐鳜肥。
清江风挽柳，鸡犬逐乡扉。

太平酒话

醉饮长江水，神游橘子洲。
舞戟青山外，啸马破风兜。
三杯且过岗，武松虎见愁。
五斛闻仙曲，李白驾吴钩。
对影邀日月，山川谋同盅。
丰年无战事，把酒庆清秋。
太康知我意，神液不语愁。
劝君推玉盏，敞襟噱风流。

春日玄感

乌山沁银芒，白马夺金堂。
红童击霄鼓，紫府穿新裳。
云母帐夕宿，玄圃餐芝露。
玉烟生道骨，丹暖化三黄。

清明雨

梦绝不见卿，魂断泪琵琶。
巫云沧桑落，蜀雨别君茶。
潇湘扶竹泣，天涯望海峡。
十年多情客，冢上鸳鸯花。

陈重威作品*

情定金银花

你来了，却又走了。
桌面上放了一束盛开的金银花。
弯弯曲曲的藤蔓，
毛茸的绿叶。
谷黄色脂玉色的花，
吐妖妖蕾丝，
不尽娇羞。
迎面扑来，阵阵清香。
我忍不住，捧起它，
不断地亲吻。

你来了，却又走了。
啊！不。
你并没有离去！
你仿佛变成了花仙子，
就藏在花束里。
哪一朵是你？
我忍不住，
上下左右不断地搜寻。

你来了，却又走了。
我推开窗户，
看见不远处的山坡上，

那一簇簇金银花的后面，
黄丝巾，
百褶裙，
忽隐忽现。
像精灵般窈窕飘逸。

你来了，却又走了。
我要沿着你来时的那条小路，
追随你的背影奔去。
依哟！
哟嗬！
约会老地方。
我们歌颂金银花的朴实无华。
我们赞美忍冬藤不惧冬寒的坚毅。
山野静悄悄，
我要给你戴上金银花环，
让山雀见证我们牵手，
让丛丛茂盛的金银花，
倾听我们一生不变的誓言。
相依对山吼一声！
忍冬藤，金银花。
我爱你。

---

* 作者简介：陈重威，76岁，大学文化，退休工程师，曾在《五金科技》《期货》等期刊
发表过文章。

清明上坟

春风醉了，惹得樱花玉兰怒放。
柳树刚醒，垂丝软绵绵。
新到的山雀，
枝头争鸣，小草冒头芽尖尖。
上山的路，坡坡坎坎，
童稚闹腾，笑语欢声。

最不忍顾，墓碑座座。
有人插坟标，
有人献花篮，
有人远处高声呼喊，
有人跪地磕头。

一家人，
坟前祭祀。
擦掉碑面上的尘土，
描红碑上的字，
清除坟头枯枝败叶，
铲去拜台上的干苔藓。

半碗茶，
一杯酒，
糕饼水果一堆堆。
默默祈祷，跪问爸妈可好！
忽闻鹧鸪传话：
遛弯！不回来了。
鸟语惊心人羞愧。

爸妈没走时，
我没带他们转山，看海，逛公园。
如今爸妈走了，
千呼万唤人不见。
本来可以为爸妈做点事，
擦背洗脚端碗面……
想做的未做
一晃过了几十年。
等爸妈去了龙归园，
嘘寒问暖，
竟成了悲哀的空想。

现在我们也老了。
儿女们像小鸟，
毛干翅膀硬，
都飞走了。
他们还会飞回老巢，
陪我们共度晚年？
不求儿女回报三春晖，
只求晚来有人搀扶，
坐看夕阳西下。
彩霞映红半边天。

抬眼望，
山色依旧迷茫。
松柏苍郁添新绿。
逝者生者一碑隔，

相聚难越两重天。

荒茅掩了来时路，

不忍回首再看坟！

把一年一度的思念情，

拜托山林守护神，

交给醉了的春风带走！

注：《清明上坟》是十多年前清明节回老家上坟后写的散文诗。

人生之旅，经历了为人之子、为人之父的历程。

暮年回首，往事历历在目。

发现自己没有尽心尽力报答生我、养我、育我的父母亲。心有羞愧，悲从中来，竟难以释怀。再虔诚的祭祀，也抵不上几片药一杯水的伺候。

同时告诫年轻人，感恩父母、敬孝父母是大事，不可以轻慢等闲。关爱父母，不在于给多少物多少钱。常有温馨问候，让父母精神愉快就足够了。

蝉

秋　寒蝉凄切

山雀　汝为何伤悲

蝉　晨露苦寒吾气数将近矣

心念念见雪终不见雪

难瞑目也　然世人嘲吾

季虫不知吾愿真诚而嫌之

谓蝉不知雪　冤也

山雀　汝之意愿　天不知晓　则罢

世人嗤笑　无朋知了

真大悲也

苏启华作品*

盼

星星
疲倦地枕云入梦了
窗上依然印着你的微笑
留言
明早再来
在信纸上尽情地跳跃
随着我心潮的澎湃

多好的明早呀！
明早
　明早
　　　明早再来……
月亮
你怎么还没入睡?

寻　梦

没有风
也没有云
落叶在低声地呻吟
雨在激情地哭泣
在一个夜里

在一个夜里

雨在激情地哭泣
落叶在低声地呻吟
没有云
也没有风

又是一个夜里
哪里的天空不下雨

* 作者简介：苏启华，1975 年 9 月出生，海南省东方市人。中国当代作家创作员，北方文
学研究院高级研究员。诗作曾多次在"新星杯"全国诗歌大奖赛荣获优秀奖、在第三届
"青年杯"全国诗歌大奖赛中荣获三等奖等。作品《我的爱对你说》被中国当代作家代表
作陈列馆收藏。

爱走了
心碎了
梦见的还是你

寻梦？
只为还能再梦见你……

我的信

是你
读不懂我的信？
不，是你不认真去读，
或许从未想过去读。

我的信
并不比长江长
也不及大海深
一眼便可看全
极目便可看通

只可惜哪里会有我的邮局呢？
信纸是什么？
信封是什么？
邮票又是什么？
我似乎都没听说过。

我的信
写在风里
写在雨里
写在一深一浅的脚印里……

遇见你

遇见你
我心中的乌云
逐渐消失
相信
不再有雨季

遇见你

我的心花
灿烂如初
相信
不再有落花的季节

遇见你
爱的灯火

照亮了我
从此
有了新的航向

遇见你呀!
我沉默的心海也掀起了浪潮
那溅起的浪花

就是我爱的激情
爱的狂拥

　一个浪
一个浪
　一个浪……

落叶的哭声

风
何时起了
落叶的哭声
击散了我的酣梦
悄然推开窗户
几只消瘦的手
争着伸了进来
抽手轻轻去握
全是落了叶
流了血的树枝儿

啊!你的渴求我何尝不能接受
我可把你迎进来
甚至连你的根
可你知道吗

这样你就会失去了生命的魅力
忍耐些吧!
也许狂风过后
你更会引起过路人的留意
更显得富有生机
忍耐些吧
这小小的房子里也并不温暖
相信,暴风雨过后就能见到彩虹

忍耐些吧
让我再次
温暖
　温暖
　　温暖
你的手!

注：创作背景——1996 年笔者毕业被分配到城市工作，而大多数校友都被分到乡下，大家都向我投来羡慕的目光。可笔者不安现状，也希望大家不要失望，相信未来。恰巧遇到台风有感而发，写下了《落叶的哭声》。

丰标作品 *

春 末

落日红霞染河山，新月金辉耀苍天。
逝水东风千古在，韶华春光难再还。

酒剑仙

风云难料杯酒消，天涯漫道剑逍遥。
长歌何处邀日月？仙神列舞拜英豪！

至 兴

寒窗案头墨飘香，废寝痴迷阅奇章。
不知天色迟已暮，始觉愧对空肚肠。

---

* 作者简介：丰标，男，1990 年生于河南省濮阳市。2013 年大学毕业至今，在郑州市金水区一所中学任教，担任高中语文教师。爱好读书、旅行、唱歌、户外运动。

黄鹤楼下万江水

万江齐聚黄鹤楼，楚天极目纳九州。
胸怀百川奔不尽，跑马逍遥任额头。

黄　河

山河尽览水接天，炎黄极目镇中原。
横卧九州豪气荡，醉抚凡尘笑疯癫。
雄关铁甲必争地，千古帝王莫等闲。
百川归海纳宇内，星容北辰赛神仙。

难舍离别

茗阳伤寒细雨横，四年难舍情谊浓。
泪洒浉河千杯尽，酒借别情折柳风。
畅饮万盅不为过，何年再醉此苍穹？
愿君前程多似锦，沧海平定笑长空。

雪夜忆斯人

濮卫雪封黄河滩，龙乡彻夜寒未眠。
推门遍见惊素裹，北风豪掠沙场前。
昔日佳人尚在否？英姿驰骋踏平川。
天涯久散难相聚，但求一醉笑千年！

春

东风吹又绿，渐觉春意暖。
鸟雀跃枝头，鱼鸭荡水潭。
借我千里足，踏遍申城山。
赐吾双飞翅，翱翔万丈天。

我的梦

这么多年一直忘不了你，
直到最后的相聚竟也没有勇气。
命运的年轮总是这般无情，
硬是天南地北忍痛与你别离。
多少个孤夜，独行寒风冷雨之中，
随处漂荡，想念着你。
多少次旅行，驰骋天涯海角之外，
纵览河山，思恋着你。

岁月匆匆流逝，难忘韶华那年。
往者随风而去，来者必倍珍惜。
定是上天对我的怜悯，
终于有机会重拾勇气。
再不愿做当年怯懦的自己，
这一次我绝对不会放弃！
我要那山河听到我的呼唤，
我要那日月见证我的誓言，
我要向全世界大声喊出，
我爱你！

汪宇谊作品[*]

殇

我的心在滴血　　　　　　没有你的世界
总是在把你想念　　　　　　灯花摇摇晃晃，泯灭
想着你的美丽容颜　　　　　总是不能将过去割裂
心的忧伤如何排解　　　　　如何，我又该如何
　　　　　　　　　　　　　给你寄一封我的书笺

曾经那个悲伤的夜
你轻轻挥手告别　　　　　　爱到极致，人何以堪
却成了永远的离别　　　　　情至深处，又凭谁言
漫天风雨是我思念的泪珠，　恋及心碎泪满天
滴答滴答无法停歇　　　　　我无可留恋在人间，在人间

梦中情人

春风吹走寒意冬，万花开颜又相逢。　天涯海角痴一人，孤独淋雪千山陪。
唯有一花堪称艳，千娇百媚美不同。　纵使沧海变桑田，万载瑞雪等君回。
谢君让我心意乱，佳人引我入花梦。　秀发飘起万千念，昨夜梦人今日见。
待到山花烂漫时，蝴蝶双飞舞春动。　窗外雪花满天舞，送来春天姗姗迟。
思念化雪漫天飞，苍天多情亦落泪。　待到春风香十里，愿伴佳人看浪漫。

---

* 作者简介：汪宇谊，男，52岁，籍贯江苏省泰州市，大专学历，水污师，国家注册原创
音乐人。发表诗词若干、歌曲近百首。

重逢的路

曾经你我相拥沐浴朝阳
曾经雨中戏水拥抱长江
曾经你我折桂闻香共舞
曾经淋雪相约白首未来

也曾任性伤害你我分开
如今重逢在老地方的路
曾经满满的爱我在期待
现在的你是否已经释怀

时间的冲刷我已经明白
多少次我站在你的窗外
对不起总想大声说出来
没有你我真的无法存在

思念的苦痛我早已明白
就让我们放手曾经美好
重逢归来不负岁月等待
从此理解包容永不分开

梅花殇

洁羽乾坤玉雪飘，
苍暮豆蔻梢头俏。
青妆缘路频残叶，
柳瘦拟笔洒篇章。

絮盈惊鸿千点孤，
花飞流韵万梳香。
尘霜满面鬓如雪，
魂萦北国南地殇！

失去你的世界

罗密欧与朱丽叶，西方浪漫的传说。
梁山伯与祝英台，东方爱情的宣言。
你我邂逅聚亦是缘，散亦是缘。
又一轮明月东升，又一轮情人节到来。
望着路人的相拥，想起美丽的心上人。
止不住泪水淹没记忆流下来。
失去你的世界好像只剩下悲哀。
失去了你，失去了整个人生的精彩。
愿与孤独为伴，寂守原有的浪漫！

康歆鹿作品[*]

云

我想做一朵云，
在黄昏中伸个懒腰，
像泡在橘子汁里，
小孩们天真地描写我，
而许多人长大后也没怎么关注过云。
我做着时间的交接者，
静静等着月亮的到来。

人们匆忙又路过，
谁也不会抬头。
等待夜幕拉起，
他们会彼此道晚上好，
而我会念道，
黄昏之后，祝你安好。

褶 皱

这个时代爱情泛滥，
满地的鲜花被路过的行人踩出汁水，
与地上的泥泞混在一起。
是深颜色的愁绪。
不应该深情和执着，
是对爱的规律性应答。

爱，本来就不是界限框出来的。
每个人生来有缺点
这也是我们的不同，
所以我们应该如何去爱，
在这个拥挤的世界，
我们爱在褶皱和猜疑中。

---

* 作者简介：康歆鹿，笔名"叶生"。2004 年生于新疆乌鲁木齐，平时爱喝茶看书，业余诗歌爱好者。

祈　愿

我穿过山间的雪松，
看着远处行驶的船只，
祈祷不要略我而去。
我赤裸着身体，
让冰冷的空气穿过我的缝隙，
去山的那边看看，
黎明的海岸线。
满地的珍珠与金币，
我只取一掬砂砾，
祈求没有定数的前方的路，
一点平安和幸福。

归去吧，像满载而归的渔夫，
欢快地歌唱。
只是别再留恋了。
人们听见了号角的呼唤，
欢庆着，呐喊着，
那微弱的光亮，
祈愿，
本是对未来的迷茫与期望的混杂体。
我不合时宜地停留，
最后和他们一起，
做着真诚的祷告。

海底的火车

深夜的火车轰鸣，
像海边海浪的声音，
被黄昏留下，遗忘，
蓝色不仅是它的颜色，
还是眼眸，年少的爱意，
浪潮汹涌的海岸线。

海底石头的低鸣，
会听见海吗。
火车上的人们，
看着风景，
而风景却会从他们身旁溜走，
却是永远了。

李林作品[*]

淡尝流年

秋叶轻飘流年的指缝，
与它倾谈一段流逝的悲伤。
那一年，他 18 岁；
她一低头的温柔就让他沦陷于她。
梨花海棠，秋风花辞，
一念，婉约了心灵；一念，柔软了时光；
一赏，折断了年华；一赏，久别了遗憾。
犹如春分掠影，时光煮雨，半滴边温湿了锦昔，
余千尺百媚生，扰三更泪流荒。
你哼唱着失落，轻墨抖眉，
我淡忘着时光，浅尝回忆。
默然相离，寂静喜欢。

故　事

微风催着晚霞，流过你的指尖吹逝这青春的印记
晚霞迢迢，暮光窈窕
欢笑夹杂着风雪缕缕飘过

---

　* 作者简介：李林，笔名"零"。男，2001 出生，甘肃平凉静宁界石铺镇人，毕业于甘肃警察学院。2019 年加入《长河诗刊》，文章内容多表达意境描写。

时光温婉了流年，沁着醉意，倒在路灯旁
你听故事，在忧郁
借着孤独随着无奈伴着相思念着给予

碎月挥笔，辗转反侧，眼角流惬着思绪，在时间的坐标上
承载着回忆，泛黄的秋叶也泣不成声
失望用眼角的泪光把你的名字写在深夜的邃梦里
断断念念，打湿这衣角，侵入心扉

影子醉倒在路灯下，安静祥和
折一缕羞涩藏进眉间，流过年华，落入漆夜
透过臆想，沁沁哆梦
心绪依恋这目光，所及都融着暖意
畅叹遮住故事，迷惘却又期望
温柔中也添杂了些许遗憾

期待所等待的，盼望所渴望的
故事也是，你也是

陆华作品*

永遇乐·大阅兵赞

举世欢腾，惠风和畅，天地交泰。碧日晴空，凌云浩气，鼓角声澎湃。英姿飒爽，军歌嘹亮，威武阵容豪迈。指挥官，一声令下，阅兵震服中外。

炎黄子嗣，勤劳友善，忠勇赤诚仁爱。正义之师，听从召唤，使命肩头载。改革开放，人心所向，伟大复兴时代。中国梦，辉煌灿烂，花开不败。

满江红·深圳

——庆祝深圳经济特区建立四十周年

小小渔村，新都市，蒸蒸日上。深圳号，扬帆出海，领航方向。使命乘肩勤探索，奋发蹈厉劈波浪。四十年，振翅展宏图，豪情壮。

中国梦，天任降。谋大势，攻坚仗。说今古神话，改革开放。百紫千红花竞艳，盼色绝冠世芬芳漾。示范区，基业万年长，心欢畅。

声声慢·国庆咏怀

光阴似箭，岁月峥嵘，昨天今日将来。傲雪凌霜争艳，喜庆花开。七十年前大典，共和国，亮相登台。艰辛历尽，奋发图强，万众拾柴。

---

* 作者简介：陆华，笔名"鹤夫"，男，1958年出生，旧体诗爱好者。

人民激情如火，红旗颂，歌传塞北江淮。认定信仰希望，重担齐抬。肩扛改革使命，献青春几代英才。初心牢记，爱和平，梦想怀。

玉楼春·地道战
——参观冉庄地道战纪念馆有感

刀耕火种庄稼汉，地下尖兵千百万。
抡锨舞镐土中伏，放炮敲钟仇恨算。
神出鬼没游击战，斩寇杀倭除恶患。
天罗地网缚妖魔，燕赵英雄青史赞。

五律·领袖毛泽东

盘古开天地，炎黄子嗣丰。
愚公精卫志，倒海移山功。
宋祖唐宗业，天骄挽大弓。
豪杰逐个数，领袖毛泽东。

刘政作品[*]

钗头凤

大梁山，青龙湾，慈父长眠此山间。
生也欢，逝亦安。
一生清廉，世人圣贤。
难！难！难！
夜阑珊，灯火繁，乘鹤西去永不还。
船头岸，溪水边。
依稀可见，肝肠已断。
念！念！念！

蝶恋花·仙妻

四十华诞话沧桑，论语畅想，感慨千重浪。
昔日嫦娥俏姑娘，挚爱人间少年郎。
凡间岁月胜天堂，娇娇新娘，艳丽映脸庞。
甜蜜恩爱心中漾，玉皇王母笑安详。

---

* 作者简介：刘政，男，1969 年 2 月 7 日出生，重庆市涪陵区人，中国共产党党员，退役军人，曾任重庆商社新世纪百货连锁经营有限公司遂宁新都物管保卫部经理，曾获"优秀共产党员""先进保卫干部""遂宁消防代言公益使者""遂宁消防达人""抗击疫情表现突出先进个人"等荣誉称号。

少年的心愿

曾经年少
有一个梦想
跃上天庭
娶回嫦娥姑娘

少年的虔诚
历尽沧桑
感动着嫦娥姑娘的心房
玉皇王母把情阻挡

玉兔帮着少年
传递着爱的信仰
为这天地大爱
哭红了眼眸

在那皓月圆满之日
少年迎娶了娇娇新娘
天赐良缘
相依相偎诉说衷肠

*刘天奇作品**

中国诗乡

中国诗乡响世界，四海一家众向往。
大汉尹珍旺草场，传播文化远名扬。

消失的美丽

洋川河畔荡漾失，全竭不远已有期。
可伶梧柳痴情等，岂知复还不可能。

思　雨

穿窗望远雨纷纷，不见夕阳已黄昏。
雨停鸟叫青山羞，无奈美景到了头。

---

* 作者简介：刘天奇，中国共产党党员，林业工程师，贵州省绥阳县人，绥阳县黄杨镇林业站职工。

秋晨的幸福

秋晨：
我们分别从梦中走来——
静静地，
微笑地，
短暂地目视了对方；

秋晨：
我们都分别躺在了床上——
静静地，
尽情地享受着，
蝉鸣送给我们的动听旋律……

秋晨：
我们都穿窗望远——
晨辉下的高楼，
犹如我的军姿：
屹立挺拔；

秋晨：
我们穿戴整齐——
带着美好的心情，
面向东方的太阳，
携手慢慢地走去……

郭小胜作品[*]

冰雪神女

冰谷十载磨利剑，雪池一朝破苍天。
神技矫若翻飞燕，女中豪杰奋向前！

注：《冰雪神女》为藏头诗。为花滑健儿而写。

鹧鸪天·咏李白

花前月下抚琴弦，石上松旁卧酒仙。
舞剑成风惊飞电，挥毫泼墨写美篇。
睁慧眼，识英贤，安史之乱先预见。
一生散发江湖远，依然名扬天地间。

注：野史中有李白救郭子仪于难，对安史之乱有预料以及李白持剑斗顽凶的说法。

---

* 作者简介：郭小胜，男，50 岁，河南焦作市人，诗词爱好者，中国诗歌网"蓝 V 诗人"，网名"会当凌绝顶"。作品有 130 多首，主要在快手、抖音平台发布，散见于中国诗歌网。"路漫漫其修远兮，吾将上下而求索"为其座右铭。

咏　雪

天女莲步移瑶台，台前琼花玉手摘。
摘满一篓迎风撒，撒得雪花飞满天。

注：《咏雪》为回文诗。

题牧羊人

放牧山岭上，草肥羊儿壮。
仰观天碧朗，俯嗅花馨香。
兴起歌声放，累时草上躺。
红尘恩怨忘，悠然桃渊乡。

题瀑布

何方天外仙，醉酒舞龙泉。
一剑山壁开，银河谷中溅。

丛建队作品 *

逸情人生一

情融寒冬雪，柳飘三月春！
燕子归家看，唧唧唱春风！

给厨师节点赞

炊烟袅袅升天庭，锅碗瓢盆奏乐情！
灶火暖意锅中腾，人生欢笑粥暖情！

逸情人生二

春风吹来万树花，喜鹊枝头叫喳喳！
拂却岁寒仙女笑，万紫千红好中华！

---

* 作者简介：丛建队，1971 年出生，山东人。爱好文学创作，在网络上发表过《梅花开过》《当明天成为昨天》《我想飞》等散文作品。

候汉成作品*

乡村颂

看千里沃野——
绿无际!
河水荡漾,
翠柳做伴。
砖屋楼房,
婀娜多姿。
竹青叶茂,
飒飒有声。
心旷神怡,
几回头。

乡人三五成群,
笑容满面;
相遇如故,
和蔼可亲。
乡村外貌,
景色如画!
农村发展,
可喜可贺!

2004 年 4 月

北 方

北方的天甚高远,
傍晚,
云悠悠,
远山起伏。
硕大的银机,
不时地、低低地、
隆隆地掠过上空。

北方的路很别致,
路旁不是参天的白杨,
就是哨兵式挺拔的松柏。
再往里,
有花草,有整齐交错的别样树——
针叶的,阔叶的。
是园林家的精心设计?

北方的田原,
广阔匀整。
啊!北方。
令人留恋神往!

1991 年 8 月 23 日

---

* 作者简介:候汉成,河南省驻马店市人。年轻时就喜欢文学,经常阅读文学方面的书籍,进行文学创作,如散文、诗歌(包括古典诗)、小说、论文等,作品编入文集《跨市新作》。

吕家恒作品 *

春来春游

氤氲氲氲丐朝晖，
袅袅婷婷寻芳景。
玉嶂腰上挂白练，
峻岭绿水马尾沟。

亦云际遇

君离位空思故人，
亦欲褴缺化痴梦。
能未忒躁苦犹鼙，
李广难封冯唐老。

犹鼙示儿

劳累间隙思家事，
宝贝华诞于翌日。
为父平庸内疚泣，
儿女生活忒苦清。
苍穹有眼亦有情，
来世必入富豪门。
未来前程咸凭己，
怗恀有心无力帮。

福　利

伍稔欲获化魇语，
兀自弗休暗祈祷。
望穿秋水终有盼，
紧抔宸衷心澎湃。
道之道兮非恒道，
物换星移重添高。
木易立有新圭臬，
众心归一自悠悠。

---

* 作者简介：吕家恒，男，55 岁，农民，高中文化，现居湖北省恩施市。目前在恩施九尊房地产开发有限公司上班。酷爱诗词、历史，闲时写点小诗小词自娱自乐，此前尚未发表作品。深信腹有诗书气自华，认为文章者，不朽之盛世也。

孙汉营作品 [*]

小院与太阳

小院羞于会骄阳，拉来蓝篷遮面庞。
篷兄用尽浑身术，难隔炽热求爱光。

注：8 月的山东日照骄阳似火，炎热难耐，几乎每家院子上空都会盖上一块
蓝色的遮阳棚布。

2004 年 8 月写于日照度假山庄

院中园

茉莉争艳满庭香，栀子一笑压群芳。
千般柔情蕉美人，万种风流花中王。
玫瑰刺尖展英姿，君子吹奏霓霞裳。
朴实桂花等八月，丁丁素花十里香。
老态龙枣盘节生，葡萄绕木攀上墙。

蝴蝶醉倒绿叶下，蜜蜂采花忘归房。
曲径幽幽连三户，毛竹牵手立两旁。
花间漫步听鸟语，廊下小盏思刘郎。
别墅休闲悠哉人，诗情画意一院装。

2004 年 8 月写于日照度假山庄

---

[*] 作者简介：孙汉营，1945 年 8 月出生，1966 年高中毕业，退伍军人。

美人蕉

嫩指如笋破土出，宽袖长舞面不露，
他日走下梳妆台，光彩照得百花羞。

2005 年 7 月写于合肥

归

萤火田间舞，蛙鸣门前塘。
亲情与笑语，溢出小院墙。

2005 年 7 月写于太原

王献忠作品*

感恩遇见

在茫茫的人海中，
相遇即是缘分。
每一次擦肩而过，回眸一笑，
那是前世五百年的修行，
把握今生，
珍惜当下……

如若有缘相识，
便是生命中缘分的延续，
更应该珍惜这来之不易的感情，
不知道下一次何时才能重逢。
如若缘来相爱，
那才是人生的一大幸福，
请你好好珍惜她，
把她当作生命中的唯一……

珍惜一切素未谋面的朋友，
一个相识的赞许，
一个甜美的笑脸，
几缕温馨的留言，
我们同是在生活中拼搏的行路人，
真诚和信任传递着我们的祝福，

珍惜缘分，
珍惜相遇。

人生苦短，
来不及回头看看路边的风景，
就已叶黄归安，
只有懂得珍惜，
才会长久。
懂得欣赏，
才会把她当作最美的风景……
如若有一个懂你的人陪在你身边，
那便是上天赐给你最大的福气，
时时刻刻心疼你，
宠爱你，
包容你，
就算全世界的人都不理解你，
她依然和你在一起，不离不弃。

感恩遇见，
虽不曾拥有，
你却深深住在我心里，
你若安好，

---

* 作者简介：王献忠，54岁，汉族，现居河南省巩义市新中镇，高中学历。酷爱文学创作，曾在河南省巩义市群众文艺馆创办刊物《巩义文学》上发表过诗歌《眼睛的启示》等。

无憾此生，
岁月如歌，
余生有你"读懂"的彩虹。

漫漫余生，

有人懂，
有人宠，
千万不要伤害她，
一生珍惜……

清明时节

—— 祭 母

翠柏风缓缓
黯然跪灵前
春风又一年
梦回娘亲面
泣问慈母话
今在身可安
哀思泪涟涟
恍惚回昨天

王正文作品*

清平乐·春水清溪

春水清溪，淡淡云月奇。
梦压星河天色旖，漫山花开莺啼。
酒醉不知何时，微闻钟磬声厉。
轻风簇浪魂飞，又见琼楼玉枝。

2022 年 4 月 4 日

如梦令·游湾塘

湾塘荷花斗艳，鱼戏莲叶争欢；
划舟林荫处，忽闻蛙声一片。
正酣，正酣，惊飞梦中雀燕。

2021 年 6 月 21 日

夏　花

嫩蕊凝珠荷花开，冰清玉洁水莲来。
满园芍药花仙情，一架蔷薇羞春苔。

2021 年 6 月 21 日

---

* 作者简介：王正文，男，1963 年 3 月出生于山东省汶上县。1986 年参加共青团工作。1988
年调棉纺织厂工作。1990 年到南方经济学院学习。1994 年到北京城建集团工作。1998 年到
汶上县一中工作。2000 年到胜利油田从事教育工作。2008 年至今在济南从事教育方面和城
联公司工作。多年函授北大、山大、山师汉语言文学专业。从高中起一直从事业余写作。
1996 年 1 月被"全国微篇文学作品大赛"组评会评为"特约编辑（暨）特约撰稿人"。

给你一片天空

如果
　　　　给你
一片天空
　　　　你将
插上翅膀
　　　　变成雄鹰
如果
　　　　给你
一片天空
　　　　你将
跃马草原
　　　　天际驰骋
如果
　　　　给你
一片天空
　　　　你将
不惧风雨
　　　　跨越时空
如果
　　　　给你
一片天空

　　　　你将
俯瞰地球
　　　　驻步月宫
如果
　　　　给你
一片天空
　　　　你将
银河系外
　　　　结伴同行
如果
　　　　给你
一片天空
　　　　你将
并肩宙斯
　　　　嗤鼻黑洞
如果
　　　　给你
一片天空
　　　　你将
茫茫宇宙
　　　　囊入怀中……

2022 年 3 月 26 日

春　光

光阴百代，人生须臾
世事轮回岁月长
时间串起日夜的珍珠
熠熠生辉，光芒万丈
晨曦，总会翻越大海
晚霞，淹没不了山岗
徜徉的春风
汇聚成温暖的海洋
花开，沁人心扉，唯有春香
春天里
没有残花败柳，没有落叶枯黄
绿叶，即将铺满大地
鲜花，即将遍地绽放
天下风云变幻
无非一场雨落，一时遮住太阳
雨过天晴，总是彩虹
荏苒之间
最美的仍是春光……

2022 年 3 月 6 日

陈绪珠作品*

咏　妻

昨夜又闻风雪声，晨起默默忙缝衣。
每场雨雪日渐寒，絮絮叨叨念子孙。
日夜缝制几套成，养儿追知父母恩。
报答养恩知多少？试问天下能几何！

游莲花山记

满山青松巅莲花，春至花缀赛俏娘。
胜景仙步顶端处，俨然恰似一叶舟。
憾见清碑殊两截，幸观帝庙掩松间。
伫立舟头鸟瞰东，紫气东来沐春风！

＊ 作者简介：陈绪珠，笔名"推心置腹"。1963 年 9 月 7 日出生，山东省淄博市人，毕业于淄博八中，退役军人，在部队任教员，热爱生活，喜欢旅游，酷爱文学。

梧桐树下

天井悠然信步，忽闻叽喳鸟声。
寻音双目觅去，俨然窝立梧桐。
井蛙看天如口，吾观天穹无垠。
小物怎比人类？燕雀安知鸿鹄！

咏居轩

择菜轩前园，悠然见北山。
松柏披山间，四季漫青山。
花香鸟语境，吾轩掩映间。
天然氧吧生，胜地宜家处。
轩中日然醒，世外桃源景！

程福才作品 *

枫火燃霜

天空触到了
他的悲
赐予他凝华的泪

他才懂得
谁都有的伤

最无所谓

他将那炽烈的念
化作秋风中的赤焰
将这悲凉的秋意
层层燃褪

无　妨

秋叶还未落尽
秋天已经离去

冬雪还未飘洒
冬天已经承袭

并非所有的离开

都有标记
并非所有的到来
都有欣喜

有些仅仅是交替
有些无关于天意

---

* 作者简介：程福才，男，青年写作爱好者，尤擅诗歌。高中时因文笔突出，做过校广播站的特约编辑。曾获得华中师范大学主办的全国作文大赛（高中组）二等奖。大学时在学院编辑部工作，同时也是校文学社的社员，作品在校文学报刊发表。大学毕业后一直从事文学创作方面的培训工作，本身也一直坚持着文学创作，并在江山文学网发表过作品数篇，诗歌风格清浅而又深沉。

愿化流星

我与你
同住银河
却相去甚远

梦中的相遇
总是我留恋
哪怕
仅仅是擦肩

于是
沉默开始颂愿

祈盼一起滑落
到现实的地面
即使短暂
即使平凡

总胜过现在
你我高悬
在那星河两畔
看似咫尺
却各踞天边

银杏秋树

剥落黄金甲，尚余不死身。
待到春风至，玉铠振凡尘！

董杨峰作品 *

辛卯七月末初登宝塔山

三见嘉岭仲淹题	萋草轻掩野鸡窝	滩穴岂容蚁逸安
百万雄兵胸中起	无奈身置红尘波	碧落可及览城色
各路豪杰书意畅	渐去流水空般若	天降神众镇妖龙
嘉靖洪钟报捷扬	锁骨渡众顺缘尽	金尊不动固塔中
举目粼粼八角阁	感人启耻宝塔得	崇毛卧牛臣伏处
璨璨松穗九鳞多	十里旋鹰蛇鼠寇	宵小垫没琼宇楼
深林浅影着难觅	坠星夜摘台烽火	

注：辛卯年是 2011 年。

辛卯四月八初登清凉山

四山之首史为最	历朝如映月牙井	香火络绎殿宇座
托志不忘君子心	藏满歌词赋诗湾	生于凡尘粗茶淡
入目三字贤书气	人心不古逐妖魔	不惜笔墨染红愿
古寺轻叹别苑泉	阅尽万佛枝太和	轻踏足迹释心切
洞宾游来不曾老	飞雪桃花脱俗规	小僧禅到施主安
无忧无乐无仲淹		

---

* 作者简介：董杨峰，陕西省延安市延长县人，现居延安市宝塔区柳林镇。通过不断积累，渴望在文学海洋里捕获自己喜欢的美味。

辛卯三月廿八初登万花山

洛丹盛前花源地　　　知府难措旧诗剥　　　五龙嚬泪芳群草
花源头处木兰里　　　神祠已暮仙女活　　　长居家陵时时观
其色星罗翠柏密　　　不敢妄断圣者行　　　忆昔走马骑练梁
枣酸树旁刺山脊　　　自嘲此题太子狸　　　丹红拱月讨人醉
杀敌从军先锋至　　　将军不眠风石雕　　　万花不及木兰香
归来民昌尚书郎

辛卯五月初登凤凰山

始皇大略北伐奴　　　春晚山色拉不住　　　再见镇西碑自鸣
蒙军攻伐凤凰兴　　　多少雄兵多少红　　　莫使寒衣经霜雨
北朝众将遗心力　　　小径浓荫亭送风　　　不语苍松天颜闭
直变五城为金城　　　落日别晖挂古城　　　青宵无阻攀天巨
六郎狄青多谋智　　　昨晓云烟不骗雾　　　凤鸣已格中外洲
畔上布洞算巧功

知己叹

同学共书诗琴意　　　青燕春思衔信去　　　醉酒狂唱望梅志
待到梅竹楝青棣　　　难见戎兵骑战马　　　空揽月影佳人帕
一旦花信霜催雨　　　柳笑玉兰护黄沙

金伟成作品*

迷 醉

深夜独饮逍遥醉，自在神游往太虚。
神魂颠倒入仙境，徜徉徘徊云雾中。
感时天地已不在，唯我独秀自彷徨。
大梦一场图一乐，风雨飘摇自斟酌。

恋她三部曲

（一）

情窦恋她初开放，缥缈身姿印心帘。
婀娜多姿恍若现，翩翩起舞弄清影。
何似人间此佳人，本应天上仙子来。
凡尘难得几时寻，微微一笑很倾城。

（二）

痴心难断痴情郎，一厢情愿情似深。
有言难以话启齿，难以再见佳人美。

---

* 作者简介：金伟成，笔名"风华先生"。男，26 岁，汉族，出生于安徽省淮南市，文学创作爱好者。

朝思暮想佳人在，惦记她在人何处？
心知渺茫无迹循，乃至牵肠以挂肚。

（三）

窈窕淑女天上仙，君子好逑佳人美。
愿得千里来相会，赏君月下花中游，
游遍千山绿万水，水波涟漪映佳人，
人美倒影镜湖波，点缀绿丛水中花。

李付有作品 *

夕阳的善良

一善之念红霞天，千里春风送温暖。
拨开乌云阳光满，化作红霞飞满山。
日月轮回大自然，天高地厚美人间。

中国风

一条大路通天空，两边高山各不同。
北方有雪又结冰，南方树绿又温情。
东方太阳红彤彤，西方彩霞照全球。
人心中原在腹中，千古流芳中国风。

隐　藏

天有佛光献，踏云似神仙。
过桥又翻山，龙起风雨卷。
凤凰藏深山，金鸡破晓天。

* 作者简介：李付有，笔名"李江平"，网名"平原牛哥"。男，汉族，1961 年出生，河南省平舆县人，大专文化，热爱文学，爱好诗词写作。

月挂柳叶圆，轮回大自然。

一封书信

见字如见人，泪水如倾盆。
想说百言话，提笔如有神。
千里来牵挂，一人闷出门。
见你隔天涯，写出追梦人。

回放玫瑰

一尊佛像万人迷，万水千山出神奇。
一朵鲜花蜂采蜜，雪染玫瑰红一地。
卿飘一生一世纪，来世百年不稀奇，愿等玫瑰荣故里。

花前的梦

站在花前等风雨，等待凤凰归山里。
飘来秀发吐香味，唯梦情人他不语。
不言不语招人迷，花痴不知孟姜女，何知旭日才归期。

林家溜作品*

西王母瑶池会穆王

（一）穆王上瑶池

八骏日驰三万里，
穆王西巡上瑶池。
风流倜傥周天子，
仙境神界找恩私。
醴泉隐乳疗饥渴，
玉带银帘牵情丝。
石门一线悬心魄，
盘径五十任飞驰。

（二）华丽西王母

风姿绰约西王母，
雍容华贵显仁慈。
秀色可餐称绝代，
肌肤洁润似凝脂。
沉鱼落雁颜如玉，
羞花闭月嫦娥姿。
娉娉袅袅含仙气，
道祖曾经难把持。

（三）欢聚会仙台

男才女貌久仰慕，
穆王王母早相思。
会仙平台诉积愫，
卿卿我我不忍辞。
亲亲热热三昼夜，
密约再见三年时。
老子洞中生惆怅，
玉女潭里已迷痴。

（四）千古缠绵诗

穆王勒碑以铭记，
亲手又将槐树植。
千山万水共日月，
天涯海角长相知。
时空回荡交心语，
竹简永记誓盟词。
后来负约知何故？
千古缠绵爱情诗。

注：恩私：恩爱，所宠爱的人。
醴泉隐乳、玉带银帘、石门一线、盘径五十、会仙平台、老子洞、玉女潭

---

* 作者简介：林家溜，笔名"家柳"。广东省汕尾市人，退休公务员，中国新诗协会会员。

都是瑶池中的景点。

七律·元旦祝福

——藏头诗

祝颂身心美丽添，
福音捷报早频传。
大来好运连连到，
家境殷实样样甜。
元日祥和增瑞气，
旦云五彩送平安。
快然事业遂缘顺，
乐在其中视等闲。

注：大来：吉祥亨通。
元日：一年的第一日。
旦云：早晨的云。
快然：喜悦貌。

七律·游束河古镇

束河古镇十和谐，小巷幽深礼不缺。
聚宝山中思沈富，三圣宫里忆孙爷。
四方街上寻骚客，九鼎龙潭觅老鳖。
一井三眼三用处，青龙桥上扮名爹。

注：束河镇古称十和。聚宝山、三圣宫、四方街、青龙桥等都是当地景点；沈富，即沈万三；孙爷，指三圣宫里供奉的皮匠祖师孙膑。

胡杨颂

沙漠英雄树，堪称守护神。
千年生不老，万载死留根。
雪暴冰霜浸，风涛旱碱侵。
傲然扬骨气，土壤大功臣。

蝶恋花

冰肌非粉黛，玉骨本无瑕。
疑是天仙子，原来蝶恋花。

江城子·醉来微惊沉香残

醉来微惊沉香残，恰红唇，泪半染。画春堂前，江风与相伴。

小楼一夜似经年，相思寒，夜阑珊。一程风雨尽余欢，风浅浅，雨潺潺。断了红尘，何人有情缘？三两行人欲乘船，向哪去？落阳边。

钗头凤

春意闹，红颜老，芳华难觅沉香绕。西风恶，锦衾薄，欲与煮酒，蹙眉不笑。妙！妙！妙！

清宵醉，心又碎，好梦难寻留人睡。花雨落，深闺侧，琉璃满地，碎也如何？错！错！错！

旧　梦

玉水香残，宝奁尘弹，春风一度无数情缘。弃了旧衣，喜帕新瞒，又是一处人间。

柳雪烟眉，香腮衬纤，红蜡香暖抚珠帘。轻把郎推，见闻声颤，红涌微惊

---

* 作者简介：王丛林，男，2002 年出生于山东淄博，汉族，学生，一个名不见经传的诗词爱好者。

紧相缠。春宵未眠，半晌贪欢，残娇微喘泪半染。

一剪梅·露痕霜雪怜自消

露痕霜雪怜自消，轻点残瓣，断了浮桥。
回眸点绛盈盈笑，泣悲不成，难言此妙。
夜来长饮酒难消，红蜡微浮，玉钗轻敲。
何人催来漏声晚，不问夜幕，且待明朝。

腊　八

岁入腊月冰雪天，题梅把酒日如烟。
灯火通明行人少，志非高雅难偷闲。
万里长风吹酒醒，孤高胆寒送悲雁。
春花一盛何时了？长啸人间又一年。

吴志坚作品 *

大地颂

红尘多杂念，又有宵小狂。
生世累名利，又嫌母太闲。
何尝深思虑，吾身报君恩？

纵飞天外天，海外论高言！
何人心尽竭？无私为我怀！
纵观人世间，唯有大地先！

松柏吟

我心常忧郁，悲欢思离合。
茫然不知路，曲高无人和。
幸遇青松柏，独立天地鹤！
宁直不折腰，甘作护花苗。
我心已开阔，不惧闲人笑。
世间有大爱，不应常戚私。
愿学松柏直，正气佐小诗！

---

* 作者简介：吴志坚，浙江省龙游县人，从小便喜欢创作，爱好运动、美食、旅游。与红袖、起点等文学网站合作过，诗词获过奖，同时拥有国家专利。从事过技术、编辑等各方面工作，也创办过媒体，培训过公司。即使人生经过大起大落，也仍不改初心。

醉清风

月色夜朦胧，把酒送清风。
不知天上事，只求醉一世。
举杯邀嫦娥，笑问安乐否？
古有奔月事，舍羿得长生。
今我斩情丝，不知也似伊？
天地无应答，只余影二只。
清风轻拂过，晚露醒醉梦。
本来无烦恼，我心乱我身。
舍下小私爱，才得大永恒。

赵文龙作品 [*]

念奴娇·沙河秋色

　　大安秋色，漫山野，超越香山红叶。古寺封峦，灵秀聚，堪比人间仙界。远近高低，黄橙赤紫，点起千堆火。徜徉林海，兴来吟咏诗阙。

　　携手曲径通幽，又添白发了，何曾停歇？午后斜阳，明暗处，极目峰驰天阔。不忘初心，豪情应不减，降霜时节。寒烟千里，一声长啸惊雀。

一缕乡愁绽放在烟花里

阳光和记忆一样
一点一滴地移动，消失在南墙根
寂寞梧桐，小院同堂
铁环滚动在乡间小路上
坑坑洼洼的过去　碧绿的西瓜地
棚下数星星听蛐蛐
倔强而又暴躁的外公哪里去了
还有生长着青杏雪梨的大沙地
欢蹦的小马驹踏醒柳河东沟
弯弯曲曲的惆怅　品一缕乡愁
用半生，然后让月光
继续抚慰余生，或者像现在
坐在午后暖暖的风里

---

　　[*]　作者简介：赵文龙，男，河北邢台人，教师。

看比树还低的村庄　想麦垛上的年味
屏住呼吸，我闻到饺子溢出的香气
闭上眼睛，我看到比流星雨盛大千百倍的烟花
在坐着小板凳看露天电影的小广场上空绽放
照亮老槐树嶙峋的枝干，像一幅画
正月十四、十五、十六
瞬间滑过我童年的故乡

游柏林禅寺

门前车来车往
轻抬右脚，小心迈过眼下这道门坎儿
镇我山门，三炷香缭绕着佛系暮春
静，因为众生心中都需要
一座安顿自己心灵的禅寺
而俯身跪拜，胜过千言万语
有心无心，有意无意间
因果，似乎早已注定在某个特殊的地点
渴望与虔诚，用最真的梦，最纯的情
去参悟柏林禅寺那无尽的禅机
也许只有分分秒秒
纵然仅得一丝一毫
千年欲望，虚无在清静光明之巅
晨来钟扬善，暮去鼓寂缘
惊醒大千世界多少愚顽
梵曲竹影扫尘，等待一扇未开启的门
古木垂青藤，一袖袖似上而下、似下而上的征程
仰望云净万里空

周勇作品*

候着秋风，我如约而来

候着秋风，如约而来！
无论寒暑，万水千山！

半生飘零的肉体，
携着无处安放的灵魂！

回到了故土，
却找不回梦里的故乡。

时光辜负了青春，
岁月催老了年轮！

我却固守着诺言，
如约而至。
用慢慢流逝的青春，
等待你的到来，
或与随波而过孤舟，挥手呼应。

曾经邀约同伴而行的红颜、挚友；
一起走过人生的风雨，
一起趟过岁月的河流，
却走散在不经意的红尘渡口。

沉寂的阡陌，随影如形；
有些路，注定要孤独走过，
有些事，注定须直面承担，
有些人，注定会中途别离，
也许不再相见。

迎面吹来了，久违的风！
带着秋天的红叶，
带着泥土的芳香，
带着对你的记忆，
带着潸然而下的泪滴。

---

* 作者简介：周勇，男，1974 年出生，湖南湘乡人，毕业于湖南大学机械与汽车工程学院，现于广州从事化妆品行业。

天边的那缕晚霞

天边的那缕晚霞，
柔柔地透着光亮，
周边镶着金光的黑云，
血色正浓。

它摇着太阳入睡，
扯着淡淡蓝幕上演，
绣着银灰色的月亮，
绣着繁星点点！
像是儿时的摇萝被，
留着对妈妈的依恋。

天边的那缕晚霞，
柔柔地透着光亮，
落在了祖屋后山的山顶。
惊起阵阵山风……

夜鸦临风群舞，
乌鹊对月和鸣，

百鸟归巢，一片欢歌笑语，
盛装着一场生日宴会！
洋溢着凡间的生机。

天边的那缕晚霞，
柔柔地透着光亮。
晚霞的余光，
渲染了山头的枫叶，
山林的黄叶，
映着天边那一缕晚霞！
宛如恋人的披装，淡淡的，
若隐若现。

一抹流云，
整个天空，半边世界，
因为你而美丽！
若隐若现的，
宛若恋人的脸庞，
淡淡的思念。

李玉好作品 *

异乡思家人

月没枝梢柳发白，孤坐庭院闻清风。
唯恐家人身不安，几度深思夜难眠。

清明节

清明夜里泪雨飞，醉把空杯敬亡人。
可叹上天不怜悯，对窗流泪到天明。

暗恋佳人

远似春花近如水，近看女家比仙美。
本想与女长相守，可笑无言对女诉。

---

* 作者简介：李玉好，31 岁，中国共产党党员，现居云南省昭通市鲁甸县水磨镇，文学爱好者，喜欢写作。

单相思

风吹花落，溪水东流，花落只愿伴流水，流水无情不恋花。
再回头，花随风飞千万里，太遥远，难复回。
可笑有情人，皆受无情伤。

曾昭用作品 *

四 月

乍暖还寒的四月
夏日
没能学会春的温柔
昨夜的风
推开
紧闭的门

走出门外的
不只是
一只活蹦乱跳的狗
还有
些些许许
仿佛就在昨天的往事

生 活

在清晨睁开双眼
时光
便开始随着心念流淌

我不知道
要活成怎样
才对得起
过早死去的梦想

也许生活
真的不该是
现在的模样

长沙的街头
人来人往
萍乡
就怎么成了故乡

---

* 作者简介：曾昭用，男，1972年出生于江西省萍乡市上栗县桐木镇。一名普通的文学爱好者。

鲁礼珍作品 *

纸船情

一张纸儿折成船　撩起遐思万千
纸船原是儿时母亲亲手相传
也曾欣喜无限快乐童年
时光渐冉　情景再现
我又折纸船　盆中装满水　纸船飘中间
母子二人展欢颜　幸福溢满心间
如今儿早已成年
娘亲此生难相见
纸船情悠远　情景不再现
唯记忆温暖　让爱蔓延

静夜思

夜梦爹娘音容依旧
独门小院　悠然醒来
忽然惊觉　原是旧梦一现
窗外星星几点
隐约忽隐忽现
想是双亲诉语
叫儿不要挂牵
现今早已安然

---

* 作者简介：鲁礼珍，女，汉族，湖南常德人，1967 年 11 月出生，初中文化，自由职业者。少时粗览群书，喜欢文字、唱歌、运动、赏自然风光，与时事新闻同步，崇尚真善美。人生信条：自强、自省、自渡。

喜金连作品 [*]

生命的真谛

错把陈醋当作墨　　写尽半生纸上酸
更怕醋墨两相掺　　半生苦涩半生酸
醋墨过了糖相伴　　生酸已尽鱼甘甜
人生苦易徒增汗　　笑看红尘似云烟
只看人世多少事　　何须一探其缘由
白日坐看云起时　　暮来仅有夕阳陪
如问世间多少情　　唯有真情可相依
何须浅碧深红色　　自是花中第一流

释　怀

岁月静好是片刻，一地鸡毛是日常。

即使世界偶尔薄凉，内心也要繁花似锦。

浅浅喜，静静爱，深深懂得，淡淡释怀。望远处的是风景，看近处的才是人生，唯愿此生岁月无恙，只言温暖，不语悲伤。

---

* 作者简介：喜金连，2002 年 11 月出生，热爱生活，善于发现生活中的小惊喜。文学爱好者，热爱写作，所写皆是所见所闻所感。

李垠中作品[*]

秋赋（一）

举头晓见月朦胧，
已闻鹿鸣霜叶中。
寻声暗问三五语，
倚树叶落一两松。

秋赋（二）

秋高气爽碧蓝空，
杏叶似火别样红。
极目远眺镏金岳，
蓦然回首五色丛。

---

[*] 作者简介：李垠中，汉族，1964 年 4 月 9 日出生，内蒙古赤峰市克什克腾旗人。1990 年 9 月至 1992 年 6 月就读于内蒙古教育学院化学系；1992 年 12 月至 1994 年 9 月于内蒙古师范大学教育学专业学习。从事语文教学工作 30 年，副高职称，现任中学高级教师。

陈丰鑫作品 *

思 乡

昨夜西风起　　　　　又见喜鹊栖还
乡愁藏云端　　　　　异乡飞鸟尽归巢
客袍洗未尽　　　　　孤旅尤凄然
难思明日还　　　　　天涯明月阴云伴
几对燕雀飞过　　　　何以度日年

横刀立马荡平川

秦戟汉剑余光闪　　　　月宫之上试比高
华夏雄风贯宇寰　　　　横刀立马荡平川
陡闻南海飘风雨　　　　长城魂铸就
江海岂惧浪花翻　　　　海底掀巨澜
雾起烈风吹　　　　　　虾蟹敢戏水
抽刀挥长剑　　　　　　杀敌奏凯旋
立我中华威　　　　　　蓝天之上彩虹绘
夷寇丧胆寒　　　　　　碧水青山描画卷

---

* 作者简介：陈丰鑫，男，1969 年生，河南省扶沟县人。大专学历，工程师，中国共产党党员。现居于江苏省无锡市，从事设备工程工作。近年在《青年文学家》《秀江南》《大河文学》《文化研究》等刊物上发表过数十篇诗词，出版有长篇小说《红云寨》。心中有诗，诗便成行；心中有爱，草木无疆！

丁小军作品*

叶　子

是春天萌发的一棵芽　　　　　将自己变为忠实的使者
在枝梢恣意生长　　　　　　　给自然一片涂抹的颜色
没有一粒时间能够阻挡　　　　相携成趣
亦如根上沙沙作响
笑迎秋日的金黄　　　　　　　唯有叶子　能听到
　　　　　　　　　　　　　　渐已远去花开的声音
当起初的绿色渐渐褪去　　　　剥离枝梢的欢歌
没有疼痛与悲伤　　　　　　　唯有叶子　能感悟
只有夜以继日的欢唱　　　　　雨打芭蕉的优美
向风雨袭来的方向挺立　　　　秋雨绵绵的愁
每一片都坚守自己的阵地
相拥融入泥土的期许　　　　　在季节末端飘零的时刻
　　　　　　　　　　　　　　总是笑得灿烂
花开的季节已过　　　　　　　舞得浪漫
只有叶子包着果实　　　　　　给了一季的醉美
沿着季节从头到尾的印记

* 作者简介：丁小军，男，汉族，甘肃榆中人。中国诗歌学会会员，甘肃省作家协会会员，首届中国知青作家杯理事。1998 年开始发表诗歌，先后在内部刊物《采风》《新里程》《中国新诗》《新诗歌》《中国诗》《此时花正好》《中国铁道建筑报》和中国诗歌网、中国原创文学网、中国诗歌流派网、中国网络诗歌等网站发表作品数百篇，曾获得"中国网络文学精品 2016 年选"一等奖，中国知青作家杯征文二等奖，作品入选《献礼 70年》——庆祝中华人民共和国成立 70 周年工程建设行业文化艺术集锦。

深　秋

天空寥廓
寂静把喧嚣装进了瓶里
给了一片黄叶的独白
夜显得深沉
忘却了秒针指向的黎明

黄河水漂泊的城市
洗去了往日的疲惫
亦如一艘停泊的航船
泊在心的港湾
随河水浮浮沉沉

日子被心绪漂得很白
但又被秋日镀上金黄泛着收获的
喜悦
寒冷包围着身躯
温暖夹杂在锅炉里冒出的白烟
亲吻蓝天

那一刻心的暖意
就此升腾
凝望时空里的眼神

远　山

秋雨打湿了眼眸里的远山
似远似近，缥缈在天地之间
想拥入怀中的远山
毅然挺立在群山之中
经历着风雨

打小从远山山头爬过的我
虽然膝盖上有它的印痕
心里莫名的忧伤
随母亲的叮咛起伏跌宕

热火朝天之下
沁闻麦田之香

拉着奶奶的手走过远山的脊梁
去追赶炊烟升起的时刻
妈妈的饭香
沉醉了远山飘来的一缕暖意
牛羊的归意
托住了那抹金黄的夕阳

蛙声四起
打扰了夜晚的繁星
抑或洁白的月亮地里
你追我赶留下的串串足印
……

此刻，梦想在哪里
在回不去昨天的路上

远山，仍站在家的门口
驻足眺望

山涧小径

记忆里蛰伏
成为成长之路
从山的这头到山的那头
承载着日月的印记
沿着成长的记忆走来
从故乡的一头到另一头

匍匐成岁月的囚徒
等庄稼收割的时节
把脚步轨迹为新的里程
一双脚步的车辙

载着希望
从故乡的一头到另一头

从小径的这头凝望
目光穿不过山涧的阻隔
但能看见父母的影子
炊烟袅绕成小径的模样
思念缓缓升起
沿着岁月刻划的地方
去触动心灵
去抚平感伤

独一无二

（个人单篇作品）

我爱你中国

清风 *

中国

你是一轮升腾的红日

将东方的神韵写进辉煌的史册

中国

你是一束神圣的灯火

燃烧着 56 个民族百年的激情岁月

我的祖国

翻阅你艰难的昨日

甲午战争的风云

鸦片战争的羞辱

圆明园的火光

焦灼了肥沃的土地

摧残了善良的人民

民族的身躯

在水深火热中生灵涂炭

国家的尊严

在侵略者铁蹄下任人践踏

那种压迫　那种屈辱

让人无法呼吸　无处逃离

忍让退缩

换来多少不平等的条约

祖国的领土被一片片分割

我们的中国啊……

---

* 作者简介：清风，原名毛仙菊，浙江省金华市人，业余文学爱好者。

在黑暗中哭泣　在黑暗中盼望

终于有一天在嘉兴南湖的红船上
发出了一声响亮的呐喊
中国共产党成立了
一批批热血青年
一个个文人墨客
一群群爱国人士挺身而出
一代伟人诞生了
中国终于迎来了黎明的曙光

100 年一段多么光辉的历程
伴随中国从贫穷走向富裕
从落后走向富强
100 年我们心情澎湃斗志昂扬
100 年我们开天辟地发愤图强
100 年我们让全世界知道
地球的东方有一颗闪耀的明珠
它的名字叫中国
中国
我爱你坚韧不拔红梅品格
中国
我爱你江山如画地大物博
在这伟大的日子里
让我们一起呐喊
我爱你中国

卖猪买米

颜菊香 *

那年大年二十八
已记不清我几岁
父亲已过世
母亲拉扯我们
大哥大嫂上早街，卖猪买米
待到太阳落山时
母亲与我架锅烧水待煮米
奈何年幼不知人间苦
只记母亲与我把水添又添
哥哥姐姐把柴火抱了又抱
太阳落了山
灶火照得脸儿亮又红
全家肚儿咕咕叫
母亲把那南山路口望了又望
半夜大哥大嫂把家回
猪儿没卖米没买
不知那夜如何度
大年二十九
阳光正暖
隔着两座山头的外公外婆
送来了很少的米和肉

---

* 作者简介：颜菊香，1971 年出生，白族，农民，中共党员，1994 年毕业于云南丽江农校，中专学历。现任村民社长，中前所支部书记，永联村委委员。兴趣爱好是阅读、摄影、做特色美食。梦想是从一名读者变为一名作者。

几十年过去了
只想起那年过年
自家的猪仔没卖掉
自家的米缸没有米
那年米少肉也很少
那年的洋芋腊肉焖饭特别香
那年的我还很小

观花海

覃家福 *

驱车横州，以观花海。
脚踏木桥，手扶栏杆。
眼观花开，鼻闻花香。
万顷茉莉，浮想联翩。
风生香溢，千里飘香。
四方茶商，云集横州。
种摘制售，井然有序。
农忙商活，特色农业。
税丰国富，利国利民。
茉莉小镇，诗以咏花。

---

* 作者简介：覃家福，现居广西南宁市。

静　夜

黄硕芳 *

冬日的夜幕刚刚拉开
山川就剩下依稀的轮廓
小城的岚雾蒸腾起来
冷风彻骨
冰冻了几支欢快的广场舞曲
眺望天上人间
点点星河
万家灯火

夜，如此静谧
君可见
岁月静好，弥足珍惜

---

* 作者简介：黄硕芳，一级教师。

回乡偶书

李精忠 *

小时候
门前荒废的磨盘石
告别盲驴和粮食
开始研磨孩子们无数不为人知的神奇故事

现在啊
村口大树上红得透亮
如盏盏小灯笼样的柿子果
从清晨亮到太阳西落

那些青春朝气的人呐
走过崎岖的小路，跨过隔断的山与河
去往山外
山里，留了个寂寞

---

* 作者简介：李精忠，一级教师。

茶

张仁贵*

含硒的茶更高贵，
现在的茶味儿变了，
按照这个趋势，
将来是要推出含金的茶了吗？

茶就是茶，
自带茶味儿。
富不富含硒的，
靠的是脚下的水土，
俗话说一方水土养一方人。

茶马古道边，
杜甫瘦弱的身影，
自风霜雨雪中缓缓而来，

一杯清茶里便多了民间疾苦，
多了人世凉薄。

为了喝个茶，
有时觉得可以放下一切，
想象自己是当年的陶渊明，
坐于南山之下，
悠悠一口茶里满是秋的味道。

一方水土养一方人，
喝茶，在他乡。
微闭双眼，口含故乡的烟火，
可以返回童年。

---

* 作者简介：张仁贵，原籍贵州省遵义市播州区，现居贵州省贵阳市。1966 年生，1989 年毕业于一所工科院校。自中学时代看过几本诗集后，就被诗美所折服。闲暇时间会进行诗歌创作，希望与诗并肩前行。

思　母

赵志然 *

（一）春日别母

　　病魔无情，在今年海棠花飘飞的时节，亲爱的妈妈永远地离开了我们，这首诗也是写给妈妈的，愿天堂里的妈妈一切安好……

　　　　海棠飘飞别世间，春风杨柳到墓园。
　　　　人间世事浮云散，唯有回忆留心田。

（二）小船漂呀漂

　　在妈妈走后的第 60 天，我折了一艘小船，放进了小河里，船上装满我对妈妈的思念，让小船在潺潺的流水里漂呀漂、摇呀摇，载着妈妈驶向天边，愿妈妈在另一个世界一切安好……

今天我要折一艘船，
一艘大大的船，
船上装满我对妈妈的思念。
小船呀小船，
我为你装上白帆，
乘风破浪，一往直前，

把我的思念带到妈妈身边。
小船呀小船，
我为你装上甲板，
妈妈累时可以甲板站，
吹一吹清凉的风，看一看美丽的景。
小船呀小船，

　*　作者简介：赵志然，笔名"心然"。曾从事十几年的财务工作，2019 年辞职开始专注于教育行业，业余时间喜欢看书，写随笔。

你静静地漂呀、轻轻地摇，
载着妈妈驶向天边，
航行程中一路平安。
小船呀小船，
我为你装上船舱，
舱里装满各样的食粮，
妈妈航行的时候不会饥荒。
小船呀小船，

我把你放进州河里，
州河里流水潺潺。
小船呀小船，
你顺着潺潺的流水，
漂呀漂、摇呀摇，
记得一定要把我的思念带到。
小船——
漂呀漂、摇呀摇……

（三）骑车随感

金色的秋季，自己一个人骑着单车穿梭于街头，风吹过，两旁的树叶哗哗作响。骑着单车，望着道路两旁的风景，没有心思欣赏，泪水却止不住地往下流。

妈妈住院期间，这条路，我每天穿梭，今天又踏上了这条路，思绪万千。妈妈，我想您了……

一个人骑着单车在街头穿行，
道路两旁展现秀丽的风景。
风，轻轻地吹过我的脸庞，
擦干我满是泪水的眼睛。
路旁秀丽的风景，
你可知道此时我的心情？
妈妈住院的 31 天，
这条路我每日穿梭。
今天，我与妈妈——
只剩思念，
不能相见。
路旁的海棠树已将果实长，
妈妈也奔向了天堂。
路过医院，
双脚不由得走到——

妈妈曾经住过的病房。
望着那空荡荡的病床，
妈妈，
您的身影又在我的眼前晃。
36 床，36 床，
已铭记在我心上。
见到了曾经的护士长，
劝慰我别再把心伤。
人人向往的天堂，
妈妈已在路上。
妈妈，
人生最后一次的专列，
您从这里上。
专列启动，
风吹过，

路旁的海棠花纷纷飘落。
花瓣飘向大地，
花儿与我一同哭泣，
从此不再有妈妈相依。
妈妈，
今天我触景生情把你想起；
妈妈，
您怎么舍得离我远去；
妈妈，

我不想与您分离；
妈妈，
从此您留给我的唯有回忆。
妈妈，
此时我已泪流满面。
我要把对您的思念，
化成行行诗句。
来世相见，
继续成为您的女儿——小然。

百年崛起的祖国

郑如明*

南湖红船定新篇，
开天辟地党旗飘。
拨乱反正砥砺行，
马列主义相结合！
武装夺权村包城，
革命战旗浴血成。
抗战平乱八年多，
打走倭寇驱豺狼！
平息内战护国疆，
推翻一切反动派！
伟人宣告新中国，
举国欢庆站起来。
社会主义跟党走，
建设四个现代化！

工业农业并头进，
原子氢弹振国威。
改革开放开沿海，
核心领导军政严！
"一国两制"区自治，
"三个代表"法治国。
实践理论制度新，
以人为本同发展！
四个全面新布局，
五位一体解难题。
青山绿水新时代，
紧跟党旗志不移！
昂首世界立东方，
辉煌百年新中国！

---

* 作者简介：郑如明，男，50岁，山西省襄汾县人，高中学历，爱好文学写作，喜欢中国传统文化，曾参加多次诗词大赛。热爱祖国，保护生态环境，中老年四季养生爱好者。

夜影独白

张立 *

在深邃的夜　　　　　　晚来这急雨
梦幻也无法逃离　　　　是夜灵的泪吗
被缠绵　　　　　　　　若不是
被蛊惑　　　　　　　　定是云遮了天空的光明
即暖、即寒　　　　　　才肯落了
醉卧重锦闻香澜　　　　今夜的天空暗深
芙蓉窗外顾影怜　　　　似穿了黑衣的妖
岁岁花期空付韵　　　　而雨后微光下的影儿
风摇雨打难自安　　　　孤独且妖媚

---

* 作者简介：张立，女，50岁。

你看看枝头的那一串串青果

冯平安*

一夕之间
盛春已到了末端
园里的百花纷纷飘落
不再争艳
花雨中
黛玉伸出纤纤玉手
接一捧飘飞的花瓣
心里升起了一丝初冬的清寒
无限伤感——
花谢花飞花满天，红消香断有谁怜？
动情时——
质本洁来还洁去，强于污淖陷渠沟。
断肠处——
天尽头！何处有香丘？
一腔愁绪满苍穹

如果真能穿越
我，一定穿越过去
在她耳边轻轻地对她说
妹妹，莫悲伤
你看看枝头的那一串串青果

---

* 作者简介：冯平安，男，1964 年 9 月出生，大专学历，河南省安阳市人。现定居广东省
广州市。

热烈庆祝国庆 70 周年大阅兵

王自恩 *

腾陆跨涯

十一骁悍嘉天下，
腾陆跨海比勃发。
敏挺瞰雄长征路，
歼顽缚潜报灯塔。

军民互促

军民互动融一起，
摔弱跻强醒狮弥。
鱼水和谐生曰好，
车辚骏啸创无羁。

军花娇彦

军花文彦飑虹风，
荷械揆机恪忠诚。
钢铁逼肩伟男子，
撼拼敢闯保和平。

---

* 作者简介：王自恩，男，1963 年 12 月出生。曾参加过多场小说、散文、诗歌的征文活动。

七律·新居赋

高宏魁*

凭窗远眺见绿茵，
假山矮树衬女贞。
一桥飞架连两岸，
潺潺碧波水至清。
乔迁新居心愉悦，
蓝天微风飘白云。
一生辗转若干处，
古稀安身在紫菱。

* 作者简介：高宏魁，72岁。爱好文学，常年笔耕不辍，有文集出版。

农民工

马贵贤*

改革开放似春风，吹醒了沉睡之人。
放下锄头掘潜能，落后挨打理不容。
与时俱进中国梦，开足马力显技能。
投入各个行业中，大步流星向前冲。
春初岁首节意浓，打点行李即登程。
妻儿老小难离舍，撕心裂肺儿哭声。
为了撑起一把伞，遮风挡雨义不容。
高堂明镜悲白发，转身男儿泪双涌。
夏季炎炎日当空，酷暑难耐似火笼。
挥汗如雨湿前胸，披星戴月不消停。
秋风萧瑟树叶黄，中秋佳节又重阳。
小餐点前停住步，只要充饥便满足。
一场秋雨一场寒，添衣保暖地摊前。
节衣缩食高堂瞒，总是报喜心自安。
年怕中秋月怕半，寒风凛冽入冬天。
撸起袖子加油干，加班加点不畏寒。
满身泥土耸高楼，焊花四溅通两岸。
苦点累点无怨言，海市蜃楼亲手建。
风景如画诗意含，虽不骄傲自豪感。
国家颁布维护权，为咱撑腰讨工钱。
宪法明文有规定，名副其实农民工。

---

* 作者简介：马贵贤，河南省汝州市人，退役军人。

在路上

黄涛*

艳丽的红光杂糅着发梢
风中乱杂着精灵的言语
世界上最残酷的刑罚是
让一个人以另一个人的节奏去生活
即使那是时代的缩影
雨点已经在我的心里纷至沓来
车子在轰鸣中抖落灰尘
奔驰着更新生命
在路上

---

* 作者简介：黄涛，2003 年 6 月 8 日出生于福建省漳州市。

三次见你

孙枸杞*

第一次见你时我说
我长得不帅
你像姐姐一样温和地说
容貌是不可改的
风度的不足后天可栽培

第二次见你时我说
我是不发光的月亮
你不介意地说
不论哪种星球
都有自己的光芒

第三次见你时我说

我没有别人笔下的文采
你像老师一样坦率地说
若叹自己没有天资
不如说自己缺乏志气

哦姑娘
从此我不敢再见你
只是在遥远的地方
把你眺望

在你的身影前面
是一片广袤的原野
一条大道直通远方

---

* 作者简介：孙枸杞，陕西省彬州市人，结业于石家庄市人文学院。1993年发表作品，诗歌代表作有《哦，妈妈》《再次相逢》等。

孟晚舟回国

王贵良*

一袭红装孟晚舟
两行热泪夺眶流
三年冤屈受煎熬
四离五散几春秋
六神不安度千日
七言八语难诉求
九州家人深思念
十分关注上热搜
百感交集在心田
千里迢迢回神州
万分感恩国昌盛
亿万人民昂起头

---

* 作者简介：王贵良，广东省龙川县人。书法老师、诗人、舞蹈家。

红枫赞

温水俊 *

春絮飘飞意在本，
夏叶浓绿护新生。
秋枝挥舞向清风，
冬根中正通乾坤。

江风牵引，愿随风播撒万种于大江南北。春絮招手，欲蹈火归纳众意在方寸之间。春雨淅淅沥沥，西湖游人不绝。雨润发丝，尖端露珠微微驻足，灵动了红颜，活泼了人间。

山水推动，大气磅礴依势起，绕转千弯不离心。登上了宝石高山，攀玛瑙红石，摘浪花一朵。远处夏荷微微露，眉间蜻蜓轻轻舞。山顶绿叶遮嫩芽，水底鲫鱼护新苗。喧闹了初夏，素描了凡尘。

云火示意，云卷云舒马踏浪，若隐若现耍泥丸。艮山门下陀螺定，运河中间货船忙。鲤鱼跳跃望银杏，船夫折枝尘垢除。清风吹动了民心，两袖包容了沧桑。

冬土邀约，繁花硕果终归藏，万卷千帆海中含。根深蒂固不离本，土里土气守金丹。才把气血请入木，又让津精坎中藏。安了江山，定了乾坤。

---

* 作者简介：温水俊，男，1990 年 1 月出生。中共党员，政治经济学硕士研究生，投资经理人。文学爱好者，纵情于书海。

新长恨歌

冼泽华 *

岁末好友把酒聚
高歌举杯来相念
酒过半晌浮旧事

当年相知未相惜
以致往后两相泣
时光荏苒匆匆流
转眼数年已过去

席间好友来相劝
何日喜事与之享
两鬓欲白事未立
最终谁依未敢想

古说不孝唯有三
未留子嗣为最上

汝说最孝谁肯信?

岁数已高至而立
未有子嗣未有妻
两老嘱咐日复日
回回失落年复年

只寄旧愿予新年
有一佳人为我现
携手共进婚殿堂
了结心中多年愿

在天愿作比翼鸟
在地愿为连理枝
天长地久有时尽
此爱绵绵无绝期

---

* 作者简介：冼泽华，男，现居广东省珠海市。互联网从业者，系统分析师、系统架构师、PMP 项目管理专家，著有《绿色软件开发》。爱学习、喜买书、勤思考、偶写诗。

冰　道

刘俊涛*

凹凸不平的路面呦　　　　　碾压的冰层上
凝固了大大小小的冰疙瘩　　锻炼腿脚适应
融化的雪水呦
不再浸透棉鞋　　　　　　　我滑倒过
变得光滑难行　　　　　　　摔了不知疼
不比冰场平镜通畅　　　　　看见的人说：小心啊！
也不比河道透明　　　　　　我还了句"谨慎"
落脚就受阻碍　　　　　　　同样的心声
担心摔倒
扭曲了向前的步伐　　　　　自然的限制
　　　　　　　　　　　　　伴随着今生
摇摇晃晃的人们　　　　　　人为的羁绊
还是要出来活动　　　　　　让我们清醒

---

* 作者简介：刘俊涛，1963 年 3 月 21 日生于黑龙江小村镇。先后在阿城巨源小学、巨源中学任代课教师。1989 专科毕业。酷爱文学，创作作品 100 余篇（首）。多首现代诗和古体诗曾被《作家之路》《新晚报》《雅海》《今朝人物》《诗道》《当代韵文》《诗人九连环》《魅力诗人群雕》《灿烂的星座》《中华诗词曲赋类典英诗文》《大国传世诗人》等收录；多首诗歌在《作家文艺》《作家周刊》《美学》、山松如风传媒、新浪微博等期刊和平台上发表。北京神州雅约作家诗人。2020 年 9 月加入哈尔滨作家协会。

纤 夫

周广俊 *

将历史嵌进古铜般的肌肤
双脚踏着泥泞的黄河古道
胸腔积孕着厚重的底蕴膨胀
吟唱着千百年亢奋的歌
深埋在血脉里生生不息的胚芽
伫立在浪尖等待吐絮绽蕾的花期
昏黄的日晖下一抹重彩张扬着
更生的涅槃如期而至

将镜头聚焦在五岳大川
仿佛穹宇荡击着发聩的回声
激起纤夫周身的热流
将历史之舟簇拥于光明之途
承载着希望的华夏民族
因你冲淡了黄昏的血腥
晨曦渐渐披上柔婉的外衣

罪恶围筑的高垣睥睨轰然倒塌
沉重紧闭的门被一股豪气撞开
在阳光下拥抱久违的憧憬
阴霾遁去丰腴了贫瘠的肢体

将深思的羽翼振翅于浪峰之巅
遥望着你坚实的步履铿锵
岁月征途磨砺的脚板
涌动着亘古难觅的筋脉
扬起纵览天下的头颅
放飞泱泱华夏的新乐章
将黄肤黑发黑眼睛的速写
调焦在沧桑古道的底片上
和着高亢悠远的纤夫曲
挺进、定格

---

* 作者简介：周广俊，男，58岁，祖籍山东省泰安市，毕业于哈尔滨师范大学中文专业。工作之余喜欢写作，热爱文字，曾在报纸、电台、诗歌刊物发表文章几十篇（首）。

花　海

龙业红 *

似一个绝美凄凉的梦境
如一片氤氲不散的雾岚
淡紫色花朵的芬香缭绕
在普罗旺斯的故乡

普罗旺斯，我热望的地方
那座种植着满坡花朵的山岗
飘溢薰衣草花香的天堂
多少相爱的人儿，魂牵梦萦
在无尽的相思中拥抱

摘一束淡雅秀美的香草
呈一颗火红炽热的心房
清新、跳跃、荡漾

在爱琴海里徜徉

爱琴海，在我梦中起航
那片流淌着情意绵绵的海洋
日月普照爱之魂的边疆
多少分离的人儿，情牵断肠
在异乡，生死茫茫

淡紫的精灵草催我入眠
淡蓝的相思海拂我梦醒
半梦半醒间
我听到，那片卷浪拍岸的海
我闻到，那缕摄人心魄的香

* 作者简介：龙业红，女，祖籍湖南省益阳市，1976 年出生，现居北京市。翻译家、作家、
当代诗人。中国诗歌学会会员，湖南省株洲市诗词协会会员、第二届理事会理事，世界华
语诗歌联盟常务理事。

我的心脏坏了

曾清华[*]

我的心脏坏了
气紧
惊慌
濒死之感

还有过去吗?
傍晚电话
周日校会
子夜畅聊
和五点钟的早晨
一切太静了

叫三〇一吧

如马达加斯加的粉豹
爱不会倦
在不知名的半山上
碍事的野草刺头
天空看着
放肆极了

我的心脏坏了
亲爱的
我的心脏
无法修复
无法治愈

---

* 作者简介: 曾清华, 男, 1980 年出生, 广东省龙川县人, 本科学历, 中学语文一级教师, 在国家级刊物发表学术性文章两篇。

牵手世界

步德理*

让梦想从中国起航
把人类命运共同体的号角吹响
让"一带一路"牵手世界
我们架起一道道通往世界的桥梁
与世界人民心连心
描绘蓝图
共享幸福安宁时光

让梦想从中国起航
把全球治理曲谱奏响
凝聚全球共识
我们与世界人民共同奋斗
书写未来
为创新全球美好环境
永铸辉煌

---

* 作者简介：步德理，山东省济宁市邹城人，喜爱文学，曾在多个全国的文学刊物中发表作品，荣获国家级、省市级的一、二、三等奖及优秀奖。

尘

丁宇*

月冷星寒夜雾空，
雪落霜零雁洗松。
次鸟无痕林深处，
余音它歌会临冬。

---

* 作者简介：丁宇，笔名"小雨"。2001 年在沈阳的人文科技自考培训学院学习文学和外语专业，后在上海多家电子公司工作。自小喜爱古诗词，业余时间经常即兴而作。

家乡颂

靳红玲 *

俺的家乡是河南，
家乡的好处讲不完。
许昌的烟，临颍的蒜，
鄢陵花都有博览。
灵宝苹果脆又甜，
洛阳牡丹美名传。

绿油油的田野望不尽，
红彤彤的生活笑开颜。
烙馍卷菜香不断，
粉条焖子独家创，
松花蛋剥开透又亮，
再尝俺家的烩面、胡辣汤。

海外游子思华夏，
漂泊的人念故乡。
踏尽世界名迹，
走遍神州大地，
终归要回归故里。
故乡是根线，
牵住游子心，
家乡是根基，
人根本忘不了家乡。

---

* 作者简介：靳红玲，河南省许昌市人，农民。文学路上的追梦者，平凡生活里的追梦者，
常年与田地为伴，笔下却绽放幽香。

送友人

——送好友张庆习、刘吉祥光荣退休

徐恒民*

举杯共饮惜别酒，
初心豪壮数载留。
不为功名留赤诚，
撒下热血在春秋。

* 作者简介：徐恒民，1967 年出生，山东省临沂市人，现就职于山东三方化工集团。1986 年毕业于山东省临沂市常南县筵宾镇山前联中；1986—1991 年担任村青年干部；1991 年被授予"县级优秀共青团员"称号；1992—1998 年担任村团支部书记；1999—2009 年就职于济南铁路局临沂工务段莒南领工区；2010—2013 年就职于济南铁路局临沂工务段临北领工区；2013 年至今就职于山东三方化工集团有限公司。2018—2022 年在山东三方化工集团工作期间所写的三句半剧本《三方明天更美好》荣获集团"优秀创作奖"。

一切随缘

燕秉公*

盘古开天，创造出大千世界。

万物生灵，造化了山河人间。

五湖四海，男女情怀，

谁能弄清这一切究竟从何而来。

春夏秋冬，画不完激情画卷。

古今中外，道不尽是非恩怨。

相思含苦，期待透甜，

人生就是这样充满神奇与精彩。

花落花开，一代一代又一代。

日月穿梭，时光从来不等待。

舍显艺术，得呈能耐，

生活本身就是一把双刃利剑。

回忆童年，随时光流逝而变。

夕阳古道，看不见过去从前。

爱曾悠悠，恨亦绵绵，

把握今生，努力实现美好的心愿。

敞开胸怀，尽情享受奇妙的梦幻世界。

天地之间，闯出属于自己的一片蓝天。

聚散是分，来去由缘，

就让这一切的一切都尽兴随缘。

---

* 作者简介：燕秉公，字公元，笔名"博润志远"。1956 年 5 月出生，山西省临汾市翼城县人，大专学历。从教 14 年，在国土资源局（自然资源）工作 24 年，现从事教育培训。

天山有朵雪莲花

殷日荣*

天山，
却出长城万余里，
东西南北尽天山。
这是诗人对你的赞美。

可是我最向往的却是，
那个冰雪相映的地方。
天空是那么的蓝，
白云是那么的白，
还有那沁人心脾的塔里木河水。

一朵经历千年风霜的雪莲花，
她立在冰峰之上，

骄傲地绽放着；
洁白的花瓣，
沐浴着春晖的朝霞。

你啊，我纯情的姑娘；
你是雪山之神的女儿，
你是真主的信使，
传递了新疆儿女的幸福欢乐。

诗人对你如痴如狂，
为你奉献上最纯洁的爱，
无限的遐思。

---

* 作者简介：殷日荣，江苏省扬州市人，早年曾用笔名"清风""逸之"。生于"诗文之都"江都区。日常唯好诗歌，中国诗歌网常驻诗人。

喜迎香港回归

张恩 *

中华儿女，收复国土；举世瞩目，彪炳千古；
心潮澎湃，铮铮铁骨；思如泉涌，登高而赋。

遥想当年，清廷迂腐；英贼入侵，受尽屈辱；
东方之珠，割让英国；殖民统治，穷极凶恶。

新中国后，人民做主；香港回归，战胜险阻；
强盗旗撤，我国旗舞；扬眉吐气，光宗耀祖。

巨龙腾飞，不做睡虎；犯我必诛，大刀阔斧；
自强自信，根深蒂固；万众一心，辉煌共铸！

---

* 作者简介：张恩，笔名"惠仁"。1977 年 12 月出生，贵州省江口县人，大专学历，青年
书法与诗词爱好者。志足而言文，情信而辞巧。

旅夜忆母

蒋建波[*]

凄凄厉厉寒风处，冷冷清清冻雨时。
不忍腹痛鬼哭嚎，仙姑岩下如猿啸。
祖母见状心如焚，母亲闻此情似焦。
疾如闪电整行装，风雨交加赴千里。
辗转一日至家中，俯身倾耳伏不起。
嘱托家事别祖母，暮时携我赴长沙。
十日养病十日苦，青丝憔悴成白发。
治病荡尽家中财，冷眼散落母亲泪。
不忍挥衫拭泪干，缓走病榻笑相看。
只见面瘦已枯黄，不觉泪下正翩翩。
牡丹花下已垂泪，石泉底里正叹息。
多少日夜多少梦，多少情分多少爱。
生当陨首死结草，孩儿定当孝慈乌。

---

[*] 作者简介：蒋建波，男，19岁，汉族，湖南省永州市人，现就读于湖南人文科技学院，发表文章2篇。诗文字画，大抵从胸臆中流出。

野 草

木妮热·艾买提 *

云下的雨
雨下的人
路边的草
坚强的魂
纵然雨下得再大
到底不能洗净看客们肮脏的灵魂
却能滋润那每一棵野草

---

* 作者简介：木妮热·艾买提，女，19 岁，出生于新疆维吾尔自治区哈密市，目前就读于新疆大学水文与水资源工程专业本科一年级。从 14 岁发现自己喜欢写作开始，便决定执笔为剑，刻画自己眼中的世间万物，设立内心表达的窗口。

思 恋

敬占奎*

小时候
常钻进妈妈的被窝
一会儿这头
一会儿那头
欢快如活蹦乱跳的泥鳅……

上学后
背起盛粮的背篓
一边嘱托
一边泪流
万般辛酸塞进了衣兜

工作后
每当回到故乡的垭口
这边眺望
那边招手
母子情深泪湿了双眸……

成家后
忙里偷闲接通电话线
这边酸甜
那边喜忧
千言万语也不愿放手

如今
常跪在母亲的坟头
你在里头
我在外头
里里外外还把子孙护佑

坟头
多想时光倒流
再回到母亲被窝
一会儿这头
一会儿那头……

---

* 作者简介：敬占奎，笔名"占魁""余愚"。四川省南部县人，四川绵阳开放大学汉语言
文学高级讲师，文学爱好者。

小时候住过的小院落

秦凤莲 *

小时候住过的小院落

清晰可见

里面藏满了童年的故事

童年色彩斑斓

一颗充满好奇的心

一堆折折叠叠的纸

做成风车在风中飞快地旋转

那头老黄牛随暮归的牛群回家

牧笛短歌里阿妈攒下牛奶打着酥油

黄澄澄的染满了双手

手捧心爱的糖纸做一个万花筒

逆光仰头，折射出绚丽的色彩

把童年的时空拉长

女孩飞一样穿梭着毛线

男孩手里把玩弹弓

童年稚嫩的想象

望不透蓝天，测不准天气

草原散落的羊群

野蘑菇余留着纯香

悠闲自得

让人忘记硝烟战火

世界多了一份宁静

* 作者简介：秦凤莲，女，汉族，1967 年 5 月出生。1990 年在本地乡镇部门参加工作，从事妇女工作，2009 年退休。平时通过创作散文诗歌充实自己的业余生活，丰富思想认识和对外界的感知力。

乡村的路不长
长满了童年的故事
期盼亲人归来
期盼长大
玩伴巴望的眼神
自行车轮碾过的痕迹
在记忆里一遍又一遍

观钱塘江大潮

田宝恒*

钱塘江潮扑面来，中华巨龙冲天去。
奔腾万马横南北，磅礴气势贯东西。
沉沉战鼓风乍起，坝满堤平转瞬间。
一条玉带系天地，谁执苍龙舞翩翩。
倒海翻江卷巨澜，世纪大潮逞英豪。
十亿神州同努力，天公为我降吉祥。
浪潮滔天不可挡，华夏江山美名扬。
神舟飞船观宇宙，中华崛起潮潮高。

注：《观钱塘江大潮》是作者于 2008 年 8 月受中央电视台一栏介绍钱塘江的节目启发提笔创作的，历经一个多月反复修改创作。创作思想是宣传祖国山河的雄伟壮观，激发人们的爱国情怀。

---

* 作者简介：田宝恒，1954 年 4 月生于北京市东城区。爱好中医、哲学、法律、诗词、书法、音乐、棋类和游泳。

乡愁是一种生长的痛

王英光*

乡愁是一种生长的痛
就如父亲那年在乡下院子里
种下的一棵榆树苗

它一直生长，生长在
我的心里，如今它枝繁叶茂
硌得我痛

母亲像一盏为孩子照亮前路的灯
孩子离目标近了
和母亲的距离却远了

挣脱了母亲的脐带
挣不脱慈母手中的一根线
那柔柔的丝线，打了一个轻轻的结

一路前行中
弥漫着浓浓乡愁的大雾
睁大眼睛难看清温暖阳光在哪里

能牵父母的手
是梦中的欢喜，心向故土
醒来却捧着光阴的轮子碾过的灰

生命仍在生长
细胞仍在一次又一次裂变
裂变出了一个又一个被分娩的乡愁

就像那夏天，植物在拔节
"噼噼、噗噗"的响声
谱写了一首首生命交响曲

人就像一朵蒲公英株
春夏秋冬，四季轮回
无休无止地发芽、生长、绽蕊

或许是自己
或许是自己的儿女
绒絮一样，飘忽忽，泊在风雨里……

如此而已
使人伤感，却也让人庆幸
毕竟那一个个生命在成长，在延续

乡愁是一种不断生长的痛
我找不到更冠冕堂皇的理由
只好如此安慰自己

---

* 作者简介：王英光，男，57 岁，1984 年就职于山西省定襄县交警大队车管所至今。文学
爱好者，热爱生活，热爱创作。

长　城

赵永见*

观长城

蓟北长城坚如铁，
而今迈步从头越。
阻敌卫国任务完，
新的使命在眼前。

登长城

顶风冒雨登长城，
摩拳擦掌往前冲。
不到长城非好汉，
登上顶峰看快慢。

盼长城

古代卫国建奇功，
今日防敌无人用。
致富路上奔小康，
长城快来把忙帮。

长城帮

修后长城展新容，
观光旅游逞英雄。
旅游送来致富路，
观光引进强国经。

谢长城

改革开放传四方，
家家户户变小康。
感谢党的政策好，
感谢长城把忙帮。

---

* 作者简介：赵永见，男，79 岁，天津市蓟州区退休职工。年轻时戎马生涯近十载，越南战场走一遭。年轻时酷爱写作，退休后重拾墨笔，记录自己的心情。老伴离世后越来越思念生养自己的乡土，随笔写下几首小诗，表达自己的心情。

后　记

　　本书由感人至深的亲情故事、难以忘怀的人生经历、念兹在兹的山河游历、独一无二的风土人情、诚恳真挚的祖国礼赞等内容组成，在遣词造句中，作者真挚的情感跃然纸上。本书的内容未经浓墨重彩的渲染，而是源于生活，融于生活，于细微处见真情。

　　本书是由一篇篇文章形成的书稿，作者在平凡中用笔记录人生的点点滴滴，他们并不是专业的写手或作家，但他们热爱书写，在平凡中用真心、真情、真意的文字记录人生的点点滴滴，表达他们对生活的热爱和赞美。他们是一群可敬的文字书写者、文学爱好者、勇于追梦者，故在文稿的编辑中，我们保留了作者淳朴的文风，没有刻意追求语言的精练和华丽。本次文章征集的初心是"平凡中的我们用文字来礼赞我们的生活和我们所生活的美好时代"，在编辑本书的过程中删去了很多虽文字优美但表达另类的文章，在此也向这些作者致歉。本书的出版得到了很多投稿作者的热情支持，特别是文章收录"好文章书系"的作者们，没有你们的鼎力相助，你们那份对文学的孜孜以求与无限热爱，便没有本书的出版，在此，向你们鞠躬致谢！在此还要感谢那些为本书的出版付出辛勤劳动的编辑和工作人员。

　　"文化兴国运兴，文化强民族强。"在提倡文化强国的今天，新时代需要平凡人用自己的语言和手中的笔去感染我们身边的人和事，书写不平凡的人生，用正义的声音去传播正能量。编委会总想把"好文章书系"办得漂亮，不辜负作者和读者们的殷切期望，但考虑的事情众多，诸事繁杂，且书中作者大多为非专业作家，书中不足之处在所难免，我们怀着虔诚的心请求读者朋友在欣赏本书时，宽容待见，批评指正。

中国好文章大赛编委会